RUE DES MACCHABÉES

DU MÊME AUTEUR

Depuis 2003, les San-Antonio sont numérotés par ordre chronologique d'écriture de Frédéric Dard, qui est aussi l'ordre originel des parutions.
Cette décision entraîne un changement de numérotation des S-A nos 1 à 107. Par contre, la numérotation des S-A nos 108 à 175 reste inchangée. (Voir à la fin de ce volume le tableau de correspondance entre l'ancienne numérotation et celle indiquée ci-dessous.)

ANNÉES 50

1 *Réglez-lui son compte !*
2 *Laissez tomber la fille*
3 *Les souris ont la peau tendre*
4 *Mes hommages à la donzelle*
5 *Du plomb dans les tripes*
6 *Des dragées sans baptême*
7 *Des clientes pour la morgue*
8 *Descendez-le à la prochaine*
9 *Passez-moi la Joconde*
10 *Sérénade pour une souris défunte*
11 *Rue des Macchabées*
12 *Bas les pattes !*
13 *Deuil express*
14 *J'ai bien l'honneur... de vous buter*
15 *C'est mort et ça ne sait pas !*
16 *Messieurs les hommes*
17 *Du mouron à se faire*
18 *Le Fil à couper le beurre*
19 *Fais gaffe à tes os*
20 *À tue... et à toi*
21 *Ça tourne au vinaigre*
22 *Les Doigts dans le nez*
23 *Au suivant de ces messieurs*
24 *Des gueules d'enterrement*
25 *Les anges se font plumer*
26 *La Tombola des voyous*
27 *J'ai peur des mouches*
28 *Le Secret de polichinelle*
29 *Du poulet au menu*
30 *Tu vas trinquer, San-Antonio*
31 *En long, en large et en travers*
32 *La Vérité en salade*
33 *Prenez-en de la graine*
34 *On t'enverra du monde*
35 *San-Antonio met le paquet*
36 *Entre la vie et la morgue*
37 *Tout le plaisir est pour moi*

ANNÉES 60

38 *Du sirop pour les guêpes*
39 *Du brut pour les brutes*
40 *J'suis comme ça*
41 *San-Antonio renvoie la balle*
42 *Berceuse pour Bérurier*
43 *Ne mangez pas la consigne*
44 *La Fin des haricots*
45 *Y a bon, San-Antonio*
46 *De « A » jusqu'à « Z »*
47 *San-Antonio chez les Mac*
48 *Fleur de nave vinaigrette*
49 *Ménage tes méninges*
50 *Le Loup habillé en grand-mère*
51 *San-Antonio chez les « gones »*
52 *San-Antonio polka*
53 *En peignant la girafe*
54 *Le Coup du père François*
55 *Le Gala des emplumés*
56 *Votez Bérurier*
57 *Bérurier au sérail*
58 *La Rate au court-bouillon*
59 *Vas-y, Béru !*
60 *Tango chinetoque*
61 *Salut, mon pope !*
62 *Mange et tais-toi*
63 *Faut être logique*
64 *Y a de l'action !*
65 *Béru contre San-Antonio*
66 *L'Archipel des Malotrus*
67 *Zéro pour la question*
68 *Bravo, docteur Béru !*
69 *Viva Bertaga !*
70 *Un éléphant, ça trompe*
71 *Faut-il vous l'envelopper ?*
72 *En avant la moujik !*

1117

Frédéric Dard

Né en 1921, Frédéric Dard publie son premier livre en 1940. C'est neuf ans plus tard, au moment de l'épanouissement en France du roman noir, que paraît *Réglez-lui son compte*, premier d'une série de 175 titres mettant en scène le commissaire San-Antonio, personnage-pseudonyme qui entrera au Panthéon des héros populaires de la littérature française. Dès le départ, Frédéric Dard impose une œuvre unique en son genre, où la truculence et la vitalité rabelaisienne du héros n'ont d'égal que le génie du verbe de l'auteur.

En parallèle des *San-Antonio*, Frédéric Dard publie, sous son nom ou sous de nombreux pseudonymes, des romans noirs, des ouvrages de suspense psychologique, des « grands romans » ainsi que des nouvelles. En tout, près de 300 livres, vendus à plus de 220 millions d'exemplaires, qui font de lui l'un des écrivains les plus prolixes de la seconde moitié du XXe siècle, et de son œuvre – qui se complète d'articles, de collaborations au théâtre, à la télévision et au cinéma – l'un des patrimoines de la littérature française.

Frédéric Dard est décédé le 6 juin 2000, à l'âge de 78 ans.

ANNÉES 70

73 *Ma langue au chah*
74 *Ça mange pas de pain*
75 *N'en jetez plus !*
76 *Moi, vous me connaissez ?…*
77 *Emballage cadeau*
78 *Appelez-moi chérie*
79 *T'es beau, tu sais !*
80 *Ça ne s'invente pas*
81 *J'ai essayé : on peut !*
82 *Un os dans la noce*
83 *Les Prédictions de Nostrabérus*
84 *Mets ton doigt où j'ai mon doigt*
85 *Si, signore !*
86 *Maman, les petits bateaux…*
87 *La Vie privée de Walter Klozett*
88 *Dis bonjour à la dame*
89 *Certaines l'aiment chauve*
90 *Concerto pour porte-jarretelles*
91 *Sucette boulevard*
92 *Remets ton slip, gondolier*
93 *Chérie, passe-moi tes microbes !*
94 *Une banane dans l'oreille*
95 *Hue, dada !*
96 *Vol au-dessus d'un lit de cocu*
97 *Si ma tante en avait*
98 *Fais-moi des choses*
99 *Viens avec ton cierge*
100 *Mon culte sur la commode*
101 *Tire-m'en deux, c'est pour offrir*

ANNÉES 80

102 *À prendre ou à lécher*
103 *Baise-ball à La Baule*
104 *Meurs pas, on a du monde*
105 *Tarte à la crème story*
106 *On liquide et on s'en va*
107 *Champagne pour tout le monde !*
108 *La Pute enchantée*
109 *Bouge ton pied que je voie la mer*
110 *L'Année de la moule*
111 *Du bois dont on fait les pipes*
112 *Va donc m'attendre chez Plumeau*
113 *Morpions circus*
114 *Remouille-moi la compresse*
115 *Si maman me voyait !*
116 *Des gonzesses comme s'il en pleuvait*
117 *Les Deux Oreilles et la queue*
118 *Pleins feux sur le tutu*
119 *Laissez pousser les asperges*
120 *Poison d'Avril ou la Vie sexuelle de Lili Pute*
121 *Bacchanale chez la mère Tatzi*
122 *Dégustez, gourmandes !*
123 *Plein les moustaches*
124 *Après vous, s'il en reste, monsieur le Président*
125 *Chauds, les lapins !*
126 *Alice au pays des merguez*
127 *Fais pas dans le porno…*
128 *La Fête des paires*
129 *Le Casse de l'oncle Tom*
130 *Bons baisers où tu sais*
131 *Le Trouillomètre à zéro*
132 *Circulez ! y a rien à voir*
133 *Galantine de volaille pour dames frivoles*
134 *Les morues se dessalent*
135 *Ça baigne dans le béton*
136 *Baisse la pression, tu me les gonfles !*
137 *Renifle, c'est de la vraie*
138 *Le Cri du morpion*
139 *Papa, achète-moi une pute*
140 *Ma cavale au Canada*
141 *Valsez, pouffiasses*
142 *Tarte aux poils sur commande*

ANNÉES 90

143 *Cocottes-minute*
144 *Princesse patte-en-l'air*
145 *Au bal des rombières*
146 *Buffalo Bide*
147 *Bosphore et fais reluire*
148 *Les cochons sont lâchés*
149 *Le hareng perd ses plumes*
150 *Têtes et sacs de nœuds*
151 *Le Silence des homards*
152 *Y en avait dans les pâtes*

153 *Al capote*
154 *Faites chauffer la colle*
155 *La Matrone des sleepinges*
156 *Foiridon à Morbac City*
157 *Allez donc faire ça plus loin*
158 *Aux frais de la princesse*
159 *Sauce tomate sur canapé*
160 *Mesdames, vous aimez ça*
161 *Maman, la dame fait rien qu'à me faire des choses*
162 *Les huîtres me font bâiller*
163 *Turlute gratos les jours fériés*
164 *Les eunuques ne sont jamais chauves*
165 *Le pétomane ne répond plus*
166 *T'assieds pas sur le compte-gouttes*
167 *De l'antigel dans le calbute*
168 *La Queue en trompette*
169 *Grimpe-la en danseuse*
170 *Ne soldez pas grand-mère, elle brosse encore*
171 *Du sable dans la vaseline*
172 *Ceci est bien une pipe*
173 *Trempe ton pain dans la soupe*
174 *Lâche-le, il tiendra tout seul*
175 *Céréales killer*

HORS SÉRIE

Histoire de France
Le Standinge
Béru et ces dames
Les Vacances de Bérurier
Béru-Béru
La Sexualité
Les Con
Les Mots en épingle de Françoise Dard
Queue-d'âne
Les Confessions de l'Ange noir
Y a-t-il un Français dans la salle ?
Les clés du pouvoir sont dans la boîte à gants
Les Aventures galantes de Bérurier
Faut-il tuer les petits garçons qui ont les mains sur les hanches ?
La vieille qui marchait dans la mer
San-Antoniaiseries
Le Mari de Léon
Les Soupers du prince
Dictionnaire San-Antonio
Ces dames du Palais Rizzi
La Nurse anglaise
Le Dragon de Cracovie
Napoléon Pommier

ŒUVRES COMPLÈTES (vingt-neuf tomes parus)

MORCEAUX CHOISIS

1. *Réflexions énamourées sur les femmes*
2. *Réflexions pointées sur le sexe*
3. *Réflexions poivrées sur la jactance*
4. *Réflexions appuyées sur la connerie*
5. *Réflexions sur les gens de chez nous et d'ailleurs*
6. *Réflexions passionnées sur l'amour*
7. *Réflexions branlantes sur la philosophie*
8. *Réflexions croustillantes sur nos semblables*
9. *Réflexions définitives sur l'au-delà*
10. *Réflexions jubilatoires sur l'existence*

Mes délirades

SAN-ANTONIO

RUE DES MACCHABÉES

POCKET

Les éditions Pocket remercient Serge Amoré,
membre de l'Association des Amis de San-Antonio,
pour son aimable et précieuse collaboration.

MIXTE
Papier issu de sources responsables
FSC® C003309
www.fsc.org

Pocket, une marque d'Univers Poche,
est un éditeur qui s'engage pour la
préservation de son environnement et
qui utilise du papier fabriqué à partir
de bois provenant de forêts gérées de
manière responsable.

ISBN 978-2-266-27567-5
ISSN 0768-1658

À *Denis et Marcel Maurey,*
en souvenir de tout le sang
que j'ai répandu chez eux.

Amicalement.
S.-A.

PREMIÈRE PARTIE

CHAPITRE PREMIER

Ne commencez jamais une journée en allant au Centre de chèques postaux

Au moment où je vais franchir la porte, Félicie, ma brave femme de mère, me demande :

— Qu'est-ce que tu fais, ce matin ?

Comme c'est la plus discrète des daronnes, j'en déduis que si elle me pose une question comme celle-là, c'est qu'elle a quelque chose à me demander.

— Je ne sais pas, répondis-je d'un ton maussade, car je ne peux décemment pas lui dire que j'espère me farcir la petite bonne du pavillon d'à côté…

Et j'ajoute, parce que je ne puis faire autrement :

— Pourquoi ?

— J'ai payé le charbon hier, et le terme avant-hier…

— Tu n'as plus d'artiche ?

— Si c'est de l'argent que tu nommes ainsi, non, en effet, il ne m'en reste plus. Comme demain c'est dimanche et que j'ai dit à Hector de venir…

Je fais la grimace : primo parce que je vais être obligé d'aller au Centre des chèques postaux pour y retirer de l'aspine alors que je serais bougrement mieux au cinéma avec la petite bonne, à lui apprendre à jouer à la main chaude… Deusio parce que j'ai une sainte horreur d'Hector et que ce dimanche en sa compagnie va être l'enterrement de première classe avec perles…

Hector c'est un petit cousin à Félicie, donc à moi d'un peu plus loin. Dans la famille on sait qu'il avait le béguin de ma vioque autrefois et qu'il ne s'est pas marida à cause de ce grand amour déçu… Maintenant encore, lorsqu'il jacte à Félicie, on dirait qu'il pose pour une réclame de laxatif… Il fait des yeux en bouton de jarretelle, ce qui a le don de m'ulcérer profondément. Il est grand, maigre, chauve, édenté avec un parapluie soigneusement roulé et un abonnement à *Rustica*… Vous voyez le genre ?

Je frémis en songeant que je pourrais être le fils de ce machin-là car ça m'aurait fait une drôle d'hérédité à remonter, les gars ! De quoi s'entraîner pour l'Annapurna !

Pourtant, comme je suis bon fils, je rengaine ma grimace.

— D'accord, m'man, puisque t'es raide à blanc, je passerai aux Postaux. Combien te faut-il ?

— C'est à toi de voir, répond-elle humblement…

Je l'embrasse.

— Je ferai des oiseaux sans tête, demain, promet-elle.

Elle sait que je n'aime pas Hector mais que je raffole des oiseaux sans tête…

— T'es un mec ! je lui affirme.

Et c'est vrai, croyez-moi, bande de noix ! Félicie, c'est quelqu'un…

Je vais sortir ma tire du petit garage au fond du jardin. Une manœuvre savante : je contourne la crèche, je file un coup de klaxon d'adieu et je fonce dans la rue…

La petite bonne d'à côté m'attend à l'extrémité de la localité. C'est une nouvelle, une souris qu'arrive de Bretagne. Comme dit un célèbre dramaturge de mes amis : « La morue, ça vient toujours de Bretagne… »

Elle est brunette et pas farouche. Je l'ai rambinée hier au bureau de tabac où elle venait acheter des timbres. Je lui ai dit qu'elle était jolie, que je l'entendais chanter depuis la fenêtre de ma chambre et que je n'avais jamais envisagé la plus belle fille du monde sous un autre aspect. Ces salades, ça rend toujours avec les mistounes du bas peuple. Avec les autres aussi du reste. Une femme est une femme, quelque soit la nature de son soutien-gorge…

Elle a mis un petit tailleur noir acheté à Rennes ou à Saint-Brieuc, un chemisier rouge et des boucles d'oreilles dénichées dans une pochette-surprise. Ainsi loquée, la môme Monroe n'est pas sa cousine germaine ! Bref, c'est le genre de greluse au bras de laquelle on n'aimerait pas franchir la porte de l'ambassade d'Angleterre un soir de gala, mais qu'il fait bon suivre dans l'escalier d'un petit hôtel…

— Où allons-nous ? demande-t-elle.

— Il faut, avant toute chose, que je passe aux Chèques postaux pour y retirer de l'auber…

Ça lui paraît être un beau commencement de programme. La banque, c'est à peu près le seul endroit – avec les gogues – où une femme consent à vous laisser aller.

J'appuie sur l'accélérateur, nous franchissons le pont de Saint-Cloud… Dix minutes plus tard je range ma guinde devant le silo à fric de la rue des Favorites.

— Venez avec moi, car il y a à attendre, fais-je à la poupée.

Elle me suit.

L'immense hall est plein comme une olive… C'est fou ce que les gens ont besoin de blé en ce moment. Je vais déposer mon chèque au guicheton, le préposé m'allonge un ticket d'appel et je pousse ma donzelle dans un coin en attendant qu'un des haut-parleurs aboie mon numéro.

L'attente est morne…

Je dois retirer l'oseille au guichet 28 ; je drague donc à proximité.

— Au fait, quel est votre nom ? demandé-je à ma conquête.

— Marinette, gazouille-t-elle.

— Évidemment, murmuré-je.

— Qu'est-ce que vous dites ?

— Je dis qu'évidemment vous ne pouviez porter qu'un prénom qui soit en parfaite harmonie avec vous…

Elle trace dans l'air des doubles V avec son dargeot pour extérioriser son contentement…

J'en profite pour lui mettre la main sur l'épaule.

Il faut un début à tout. La main c'est le premier des plénipotentiaires auprès d'une femme.

Nous sommes là depuis un brin de quart d'heure lorsque le croquant du guichet 28 appelle mon numéro qui est le 1646… Je m'approche du guichet pudiquement masqué par un paravent de fer.

Le gars qui était là avant moi en sort. Il n'est pas seul, un autre mec l'accompagne. Venir deux dans ce réduit pour palper de l'osier, c'est pas banal.

Nos regards se croisent. Ce mec est livide. Il me jette un regard aussi éloquent qu'un tract politique.

Pour moi, il a eu un malaise dans le hall où il fait une chaleur de serre et son compagnon l'a accompagné pour l'empêcher de tomber dans les patates.

L'employé me fait signer mon reçu et compte ma pesée. À cet instant mon regard tombe sur un talon de chèque qui est resté coincé sous la porte vitrée du guichet. Sur ce talon deux mots sont écrits :

« Au secours »

Je chope le morcif de papelard. L'encre est toute fraîche…

— Dites donc, fais-je au guichetier, ce talon de chèque est-il celui du gars qui me précédait ?

Le zig a les tifs en brosse et l'air acide, genre cancer du foie.

— Qu'est-ce que ça peut vous faire ? demande-t-il.

Je lui montre ma plaque.

Il change d'attitude.

— Quel nom ? s'informe-t-il…

— Ludovic Balmin.

Il regarde sur la pile le dernier chèque payé.

— C'est bien ça, admet-il…

Je jette un regard à la somme portée sur le talon.

— Fichtre ! il a retiré un million ?

— Oui…

— Ce type ne vous a pas paru bizarre ?

— Je n'ai pas l'habitude de regarder les clients…

C'est vrai, il est là, dans son terrier à distribuer des fafs à longueur de journée en glissant à son revers de veste les épingles des liasses… Les épingles, c'est la ristourne des caissiers honnêtes…

— Qu'est-ce qui se passe ? demande-t-il…

Je hausse les épaules.

Au fond, oui, qu'est-ce qui se passe ?

— Rien, dis-je.

Je glisse ma comptée dans ma fouille et je le plante là.

Marinette m'attend, toute excitée à l'idée que nous avons la journée devant nous et que je viens de retirer de quoi lui faire faire une virée maison. Pourvu qu'elle s'imagine pas que je vais lui offrir un bijou ou un manteau de fourrure ! J'ai horreur de décevoir une gerce, moi !

— Dites donc, beauté, je murmure, avez-vous vu les deux types qui sont sortis d'ici comme j'y entrais…

— Oui, dit-elle.

— Par quelle porte sont-ils sortis ?

— Par la grande du milieu, je crois…

— Venez !

Je l'entraîne vers la grande porte où un agent en pèlerine lutte contre le froid et les pensées moroses.

Je commence par le commencement, c'est-à-dire par lui montrer ma carte. Moyennant ce simple geste, j'ai droit à un salut militaire pour grande personne.

— Vous n'avez pas vu sortir d'ici, il y a un instant, un petit homme à cheveux blancs accompagné d'un autre, plus grand, avec un manteau de cuir ?

— Si, fait l'agent…

— Qu'elle direction ont-ils prise ?

— Ils ont tourné à droite… Devaient être en voiture, le grand avait une clé à la main…

Je fonce… À grandes enjambées je remonte la file de bagnoles… Et je stoppe pile devant un petit cabriolet noir. Là-dedans se trouve mon petit bonhomme livide. Il paraît dormir car il a la tête appuyée contre la vitre de droite. Son copain a disparu…

J'ouvre la portière et le vieux dégringole sur la chaussée. Il est mou comme Jean Tissier et blanc comme l'intérieur d'un navet.

Et, par-dessus le marché, il est un peu mort…

Pas depuis longtemps, bien sûr, mais mort tout de même…

Je regarde autour de moi : il n'y a pas plus de type en manteau de cuir à l'horizon que de beurre dans le slip d'un pauvre homme.

La môme Marinette pousse un grand cri.

— Fermez ça, je lui dis, et allez prévenir l'agent qui est devant la lourde !

CHAPITRE II

Ne vous faites jamais « des idées ! »

Un quart d'heure plus tard une ambulance s'annonce. On charge le mort sur une civière et, fouette cocher !

Je dis à Marinette de grimper dans ma tire et j'accroche les wagons derrière la voiture à croix rouge…

— Que lui est-il arrivé à ce pauvre homme ? demande la bonniche.

Je la regarde comme si elle m'arrachait d'un rêve. M'est avis que la partie de marrade est dans la flotte. Vous me connaissez ? Avec une histoire pareille sur les bras, je n'ai plus la moindre envie de jouer les Casanova !

— Je ne sais pas encore, je lui réponds… Il a avalé sa vie de travers, probable…

— C'est affreux !

— Appelez ça comme vous voudrez…

— Et maintenant, où allons-nous ?

— À la morgue…

Elle frissonne.

— À la…

— Oui, mais vous m'attendrez dans la voiture, je ne veux pas vous infliger un spectacle pareil…

— Oh ! je n'ai pas peur, fait la donzelle, au contraire, ça m'intéressera de voir la morgue !

Que voulez-vous que j'y fasse ? Toutes les souris sont morbides. Elles se consolent d'une partie de fesse manquée pourvu qu'on leur montre de la viande froide.

La moutarde me monte au pif.

Non, je vous le demande, de quoi j'aurais l'air si je trimbalais au cours de mon service cette râdeuse pour noces et banquets !

— Écoutez, trognon, je fais en m'efforçant au calme. Je ne peux pas vous emmener avec moi…

— Oh ! Pourquoi ?

— Parce que pour entrer à la morgue, il faut être de la police… ou mort ! Vous n'appartenez, Dieu soit loué, à aucune de ces deux catégories, n'est-ce pas ?…

Elle l'admet et se renfrogne…

Je stoppe derrière l'ambulance et je suis la civière. Un gardien réceptionne le macchabée… À ce moment je me manifeste :

— Commissaire San-Antonio…

Il me fait un salut dont le moins qu'on puisse en dire est qu'il est déférent.

— Salutations, monsieur le commissaire. Vous ne me reconnaissez pas ?

Je bigle les moustaches en guidon de course du zig, son nez torturé par le beaujolais…

Effectivement, j'ai aperçu ce pignouf au cours de précédentes enquêtes car, dans mon turbin, on est conduit à la morgue plus souvent qu'au Lido…

— Appelez illico un toubib ! ordonnai-je… Et passez-moi le téléphone.

Il me conduit à un bureau ripoliné qui sent le cadavre comme le reste de la tôle, avec, par-dessus, des relents de gros rouge.

J'alerte la P.J. Je résume l'affaire.

— Le type avait retiré une brique sur son compte, dis-je à mon interlocuteur invisible. Quatre minutes plus tard il gisait mort dans sa tire ; l'homme au manteau de cuir qui l'accompagnait avait disparu et le million aussi. Le mort est à la morgue, et il ne reste plus qu'à foutre la pogne sur l'homme au manteau de cuir…

Là-dessus je ricane un bon coup pour montrer que j'ai le côté futé de tout bon policier qui se respecte et je raccroche.

Le gardien m'informe que le professeur Montazel va radiner. Il me propose un coup de rouge.

Je refuse, alléguant que ce breuvage m'est interdit avant midi sonné. J'ajoute que si le cœur lui en dit je ne veux pas être une entrave à son mouillage de meule.

Il attrape un kil de chez Nicolas (publicité non payante) et se fait un lavage d'estomac. En attendant je pénètre dans la salle de dissection. Le mort est étalé sur une table de pierre devant des gradins. Un énorme réflecteur est suspendu au-dessus de lui.

— Je m'en vais le déshabiller, dit le gardien en s'essuyant les bacchantes.

Il se met au boulot.

— C'est plus facile pendant qu'il est encore mollasson, ajoute-t-il.

Je ne me propose pas comme auxiliaire… Les morts ne me font pas peur – ce serait gentil ! – mais je n'aime pas les tripoter outre mesure. Lui, il fait ça comme votre bonne femme prépare une sauce béchamel. Il se mouille même le pouce pour déboutonner le gilet du petit vieux.

Au fur et à mesure qu'il lui ôte ses fringues, je fouille les poches de celles-ci. Elles ne contiennent qu'un portefeuille bourré de papier au nom de Ludovic Balmin. Ces papelards m'apprennent que le vieillard est antiquaire boulevard de Courcelles, au 120… Il est célibataire, il a soixante-six ans…

Je mets le portefeuille de côté.

À part ça, il y a encore de la monnaie dans ses poches, un trousseau de clés, un cure-dents en argent, un carnet de chèques postaux à son nom, un stylo plaqué or…

Rien d'anormal…

— Voilà, dit le préposé de la morgue.

Il en a terminé avec Balmin.

Maintenant le petit vieux est nu comme une arête de sole ! Pas excitant du tout, fatalement.

Je fais le tour de sa géographie.

— Pas traces de blessures ? je murmure.

— Non, dit le gardien.

Sur ce la porte s'ouvre et un homme au visage pâle paraît. Il est vêtu de noir ; il a la rosette, et son visage est aussi joyeux qu'une pierre tombale.

— Monsieur le professeur, fait le gardien avec déférence…

Je salue l'arrivant. Il me fait un signe de tête… Mais il ne s'intéresse pas au vivant. Lui, on le comprend tout de suite, ses vrais copains, se sont les horizontaux définitifs… Il ouvre une petite valoche de cuir, en retire quelques instruments et se met à bigler le père Balmin de la cave au grenier.

Son examen dure un petit bout de moment. Il est vachement consciencieux, le frangin ! Enfin il se redresse et me regarde.

— Cet homme a succombé a une crise cardiaque, dit-il…

Je crois rêver…

— Vous en êtes certain, professeur ?

Une seconde, je crois qu'il va me bouffer la rate, mais décidément il ne doit pas aimer les abats.

— Absolument certain, dit-il… L'autopsie nous donnera la preuve formelle.

Un bref salut, il met les adjas.

— S'il le dit, c'est que c'est vrai, assure le gardien. Ce gars-là je l'ai jamais vu se gourer une seule fois. Vous lui donneriez un os de gigot qu'il vous dirait de quoi le mouton est mort !

— Crise cardiaque ! je balbutie.

Franchement, les potes, je suis siphonné. Penser que ce mec est canné de mort naturelle dans de pareilles circonstances, c'est râlant… Ça manque de logique à mon avis. Et un bon flic à horreur de ce qui manque de logique…

De toute façon, moi je n'ai rien à voir avec

l'affaire. Je fais partie des Services secrets et ce genre de délit n'est pas de mon ressort.

Je quitte donc la maison Frigo, conscient d'avoir fait mon devoir au-delà de toute expression.

En sortant, je me casse le nez sur Chardon, inspecteur à la P.J. Chardon, c'est le genre bon gros pas bileux…

— Ah ! c'est toi qui es chargé de l'enquête ? fais-je.

— Oui, dit-il…

Il écrase des cacahuètes dans sa fouille et les bouffe. Un vrai singe !

Il a la brioche épanouie, le visage rayonnant d'un contentement intime… Je le rancarde sur ce que je sais…

— Et le plus bath, dis-je, c'est qu'il est mort de mort naturelle.

— Non ?

— C'est du moins ce qu'affirme le toubib de l'établissement !

Je lui flanque une bourrade.

— Bonne chance, fiston !

*
* *

Marinette commençait à prendre des champignons dans la cervelle. En m'apercevant son visage s'éclaire comme une vitrine de Noël.

— Ah ! Vous voilà… Je commençais à croire que vous m'aviez oubliée !

— Comment pouvez-vous penser une chose pareille, radieuse Marinette ? Pour que je vous oublie, il faudrait qu'on m'enfonçât (et je le dis au subjonctif !) un pieux dans le crâne.

« Allons, il est midi, l'heure où les estomacs présentent leurs revendications syndicales. Je connais dans les parages un restaurant chinois où l'on ne sait pas ce que l'on mange mais où ce qu'on mange est fameux ! *Come with me, darling !*

Le subjonctif, les chinoiseries, l'anglais ! C'en est trop. Elle s'abat sur mon épaule et je n'ai plus qu'à lui rouler mon patin de cérémonie. Celui subventionné par la maison Colgate : dents blanches, haleine fraîche !

Avec ce genre de poulette, un gueuleton doit suffire à vaincre sa pudeur. C'est ce que je gamberge tout en bouffant un canard à l'ananas qui pourra servir de dessert. Quelquefois il faut ajouter le cinéma pour vaincre leurs dernières objections. Mais ça c'est dans les cas exceptionnels, pour les filles vraiment vertueuses. Avec Marinette pas besoin d'intercaler Martine Carol entre la poire et le dodo… Un verre de Cointreau et elle est prête à envisager le don de sa personne !

Sur les trois heures de l'après-midi – heure française – je lui donne un aperçu de mes capacités extra-professionnelles. Elle en est tellement satisfaite qu'elle me demande si je prends des abonnements…

*
* *

Rien de tel qu'un bon apéritif pour vous remettre d'aplomb après un après-midi aussi tumultueux.

Nous avalons notre deuxième Cinzano dans un troquet de Saint-Germain-des-Prés. La môme Marinette a les yeux larges comme des pavillons de clairons. Son rouge à lèvres, remis en hâte, ne suit pas très bien le contour de sa bouche. On dirait une affiche mal imprimée.

Elle me tient le bras d'une façon godiche qui me fait une peu honte. J'ai l'air de quoi, avec cette gerce énamourée suspendue après moi ? Je fais terreux en voyage de noces !

Un marchand de journaux entre dans le bistrot. Je lui adresse un signe. Un journal. Voilà qui va me donner une contenance.

Je sursaute en constatant que l'affaire du matin occupe la première page. Je lis l'article et j'en apprends de chouettes !

L'homme au manteau de cuir s'est présenté spontanément à la police en apprenant la mort de l'antiquaire. C'est un certain Jean Parieux qui est courtier en vieilleries. Le matin même il a vendu un lot de pièces anciennes à Balmin et Balmin lui a demandé de l'accompagner aux Chèques postaux afin de lui régler le million représenté par cet achat.

Balmin se sentait fatigué. En sortant du bureau de Chèques, il s'est installé dans la voiture de Parieux tandis que celui-ci allait téléphoner dans un café. Il y a succombé. Lorsque Parieux a été de retour, il a appris l'incident et s'est mis en rapport avec le commissariat du quartier qui l'a branché sur la P.J.

Voilà toute l'histoire…

Ce que c'est que d'avoir l'idée tournée sur le mystère, comme dit Félicie ! Je voyais déjà des trucs, des machins, des choses. Et tout bêtement c'était ça : une affaire honnête, un vieux au cœur fatigué…

— Allez, rentrons ! fais-je brusquement…

La petite se lève.

Au moment où elle franchit la porte, je stoppe.

D'accord, tout est terriblement simple et logique, mais alors, pourquoi Balmin a-t-il écrit « au secours » sur son talon de chèque ?

CHAPITRE III

N'oubliez jamais « d'oublier vos gants » lorsque vous allez en visite

La voix monocorde d'Hector me parvient comme si elle tombait d'une autre planète. Ce qu'il dit, du reste, m'indiffère autant que sa personne. Il raconte ses varices, son ulcère du pylore, son chef de bureau, sa maison en viager… Cinquante ans de médiocrité défilent dans nos oreilles.

J'en ai tellement classe que je chope le premier prétexte venu pour m'esbigner.

— J'ai une enquête en cours, vous m'excusez, Hector ?

Il m'excuse d'autant mieux que lui non plus ne peut pas me renifler : l'antipathie, c'est comme l'amour, ça implique une certaine réciprocité.

— Toujours par monts et par vaux ! remarque-t-il avec aigreur.

— Eh oui ! fais-je, tout le monde ne peut pas passer sa vie sur un rond de cuir.

Ceci constitue une allusion très précise aux fonctions qu'occupe Hector dans un bureau oublié d'un ministère confidentiel.

Il avale le fion et boit un coup de bordeaux pour le faire glisser.

— Au revoir, dis-je à Félicie et à Hector.

J'ajoute, histoire de faire rougir ma brave mère :

— Soyez sages !

Hector a un sourire niais et veule.

Je franchis la porte avec soulagement. Y a pas, je ne peux pas renifler les minus !

Un pâle soleil essaie d'égayer ce dimanche de fin d'hiver. Mais pour égayer un dimanche de Paris il faudrait autre chose que le soleil.

Je roule en direction de Pantruche en me demandant ce que je pourrais bien maquiller pour tromper le temps. En ce moment c'est le calme plat dans les services.

Voilà quinze jours que je n'ai à peu près rien à fiche et l'inaction pèse sur moi comme une crème au chocolat sur le foie d'un hépatique…

Je parviens au bois de Boulogne où je roule en seconde. C'est plein de braves gens qui promènent leurs chiares et de tapineusees qui me font des sourires discrets.

Dans les petites allées, il y a des bagnoles arrêtées à l'intérieur desquelles des couples se comportent en personnes qui se témoignent une certaine sympathie…

Je refilerais bien une demi-jambe au zigoto qui pourrait me soumettre une idée potable… Le théâtre ? Il est trop tard, tous les spectacles sont commencés… Le ciné ?… Tout seul ça n'est pas poilant !

La chasse à la souris ? J'en ai marre. La séance d'hier m'a calmé les nerfs. Et puis, il ne faut pas que ça devienne une habitude…

Je traverse le bois sans avoir trouvé rien de valable. Je tourne autour de l'Étoile, je cramponne l'avenue de Wagram, je traverse la place des Ternes et tout bêtement je me retrouve boulevard de Courcelles.

Comme dit la chanson : « Nous avons fait ça simplement, sans presque y penser ! »

Boulevard de Courcelles, si vous avez un tant soit peu de mémoire, vous vous souvenez que feu M. Balmin y avait un magasin d'antiquités. Pourquoi est-ce à ce petit vieux que je songe en ce morne dimanche d'avant-printemps ?

À lui, oui, avec ses yeux éperdus, sa moustache blanche lamentable, ses joues livides…

À lui, tout seul, tout mort dans cette voiture…

120 ! C'est là.

Je range ma tire en bordure du parc Monceau ; je traverse le boulevard et je vais rôdailler devant le magasin dont le rideau de fer est baissé.

Après une courte hésitation j'entre dans l'allée la plus proche… Une loge de concierge d'où s'échappent des odeurs de mangeaille comme de toutes les loges de concierges.

Je frappe à la vitre. Une grosse bonne femme qui ressemble à Fréhel lève son mufle de sur un bol de vin sucré.

— C'qu' v'lez ? questionne-t-elle.

Après quoi elle reprend sa respiration. Il est

probable que cette brève question constituera l'exercice physique de sa journée.

— L'appartement de M. Balmin.

Elle lève sur ma personne un regard lourd comme un drapeau mouillé.

— L'est mortibus, dit-elle irrévérencieusement.

— Je sais, mais ça n'empêche pas qu'il a habité ici ?

Elle plonge sa face bouffie dans le bol, la relève et je constate que le récipient est vide. Chapeau bas ! Comme descente, elle vaut les pistes de Chamonix et du Revard réunies.

Elle prend son appel d'air.

— Troisième à gauche, dit-elle comme un pneu qui se dégonfle.

C'est fou ce que certains renseignements apparemment anodins nécessitent comme efforts.

— Merci ! fais-je. Et à votre santé…

Je grimpe l'escalier. Trois étages, c'est une ascension ! Je stoppe devant la porte de gauche et j'appuie sur le bouton de cuivre de la sonnette.

J'agis au petit bonheur, ignorant s'il y a quelqu'un dans l'appartement. Balmin étant célibataire, il se pourrait qu'il n'y eût personne.

Un bruit de pas vient me prouver le contraire. La porte s'ouvre et un petit pédé aux boucles blondes se tient devant moi.

Il peut avoir vingt-cinq ans, peut-être plus, peut-être moins. Le genre tubard… Il est de taille moyenne, mince et flexible ; il y a des traces de poudre sur ses joues, poudre ocre bien entendu, des traces de rouge à ses lèvres. Mais aujourd'hui, jour de deuil, il ne s'est pas fait de beauté. Il a ces yeux de gazelle, doux, humides et inhumains de tous les pédoques… Ses mains sont effilées et frémissantes.

Sa voix est rauque comme la voix de Marlène Dietrich… Il bat des cils en parlant.

— Monsieur ?…

— Bonjour, fais-je. Je suis bien ici chez M. Balmin ?

— Oui…

— Police…

Il a un petit geste effarouché.

— Mon Dieu !

— Vous êtes un parent de M. Balmin ?

Il secoue sa tête bouclée.

— Non, dit-elle, je suis un ami…

Il faut de tout pour faire un monde, d'après Félicie. Ça, je l'admets volontiers… Pour que l'univers continue de tourner rond, il doit y avoir des flics, des putains, des braves gens, des cousins Hector, des vieux antiquaires et des poupées comme celle-ci, n'empêche que j'ai une sainte horreur des messieurs-dames. Une horreur physique…

— Un ami ou sa femme ? je questionne à brûle-pourpoint.

Nouveau petit geste effarouché de la gonzesse.

Mais les fiottes aiment qu'on les secoue un peu.

— Oh ! Monsieur l'inspecteur ! minaude-t-il.

— Commissaire, je rectifie…

Je suis mégalomane à mes heures…

Ces quelques phrases ont été échangées sur le

paillasson. Je pousse le gamin et j'entre dans un confortable appartement,

— On peut bavarder, oui ?… je demande.

— Bien sûr, entrez !

Il me guide à un petit salon meublé en pur Louis quelque chose. Je prends place dans un fauteuil aux pieds tellement fragiles que je doute qu'il résiste à mes cent quatre-vingts livres. L'autre endofé se vautre dans une bergère où il se met à jouer les Juliette Récamier. Il a une chemise saumon fumé, un pantalon violet, un foulard de soie jaune… Curieuse façon de porter le deuil…

— Quel est votre blaze ? je questionne.

— Mon quoi ?

— Votre nom ?

— Ah ! Oh ! que c'est drôle ! Comment avez-vous dit ? Blaze ? C'est chou tout plein…

Mon regard furibond calme sa frénésie.

— Je m'appelle Jo, dit-il.

— Très joli dans l'intimité, appréciai-je… Mais le secrétaire de police qui vous a établi votre carte d'identité s'est-il contenté de ça ?

Il minaude.

— Vous êtes un humoriste, monsieur le commissaire.

— Voilà vingt ans qu'on me le dit. Alors, cette identité ?

— Je m'appelle Jo Denis…

— Âge ?

— Trente-trois ans ! Mais ne le dites pas… N'est-ce pas qu'on me donne moins ?

Moi, je lui donnerais bien une tarte sur la pomme, histoire de me soulager les nerfs.

— Alors, comme ça, il était de la pédale, le vieux ? fais-je, autant pour moi que pour lui.

J'essaie de retrouver son allure au Balmin… Après tout, il faisait assez vieille tante.

L'autre ne répond pas à cette demi-question.

— Ça fait combien de temps que vous étiez ensemble ?

— Quatre ans, soupire-t-il.

— C'est vous qui héritez ?

— Je ne sais pas…

Mais au petit pétillement de son regard, je comprends qu'il sait parfaitement à quoi s'en tenir à ce sujet. Pas folle, la guêpe ! Il devait lui faire faire son testament au vieux, tout en lui illustrant le Kāma Sūtra…

— Il était cardiaque ?

— Oui… Une lésion au cœur…

— Ses affaires marchaient bien ?

— Je crois… Il est installé ici depuis très longtemps, il a sa clientèle…

— D'accord… Mettons qu'il l'avait… Qu'on le veuille ou non, nous devons parler de lui à l'imparfait, n'est-ce pas ?

— Hélas ! soupire-t-il.

— Du chagrin ?

— Beaucoup…

— Ça se tassera, vous trouverez un honnête homme pour refaire votre vie, je ricane… Un veuf sans enfants… Ou même avec enfants, ça ne gâte rien… Je suis certain que vous feriez une bonne mère de famille.

Il ne bronche pas.

— Vous travailliez avec Balmin ?

— Comment ça ?

— Enfin, je veux dire dans son magasin ?

— Rarement… En période de fêtes, lorsqu'il avait beaucoup de travail…

— T'es le gars des heures de pointe, rigolé-je… Que voulez-vous, une essence de nave pareille, je peux pas me retenir de la tutoyer.

Le biglant soudainement entre les châsses, je demande :

— Tu connais Jean Parieux ?

Il secoue la tête…

— Qui ?

— Jean Parieux : le revendeur en compagnie de qui se trouvait ton vieux lorsqu'il est canné ?

— Non, assure le tournedos Rossini.

— Un grand avec un manteau de cuir ?

— Non…

Il a l'air aussi franc qu'une douzaine de tigres. Je n'insiste pas.

— Bon… Tu es au courant des pièces anciennes achetées hier ?

— Pas du tout…

— Eh bien ! mon gars, il ne me reste plus qu'à te souhaiter le bonsoir… Il n'a pas de famille, Balmin ? Enfin, pas d'autre famille que la Grande ?

— La grande quoi ?

— La grande famille, naïf !

— Non, il n'a personne…

— Tu vas te régaler avec les antiquités, mon petit Jojo…

Il réprime un sourire de contentement.

— À un de ces jours, petit homme !

Il me tend la pogne, mais ça m'écœure de serrer cette espèce de limace à cinq branches…

Je gagne la porte et je descends l'escalier. Je repasse devant la loge du sosie de Fréhel ; je traverse le boulevard, je monte dans mon bahut, je démarre et, juste comme je tourne le coin du carrefour, je m'aperçois que j'ai oublié mes gants chez Balmin.

Exactement comme dans les romans… Je fais demi-tour, je joue au retour de don Camillo dans la strass et qui vois-je s'engager dans l'escalier ? Devinez ? Ce brave Jean Parieux, autrement dit l'homme au manteau de cuir…

Mine de rien, je lui file le train. Il stoppe au troisième étage et, sur la porte de gauche, joue sur la sonnette : « J'ai mes godasses qui pompent l'eau. » La mazette vient ouvrir…

— Salut, Jeannot, glousse-t-il… Eh bien ! on peut dire que j'ai eu chaud… Figure-toi que…

La lourde s'est refermée. Je reste debout contre la rampe à un demi-étage plus bas.

Ainsi la petite lope m'a mené en bateau en m'affirmant qu'elle ne connaissait pas l'homme au manteau de cuir ! Je serre les poings…

Ça va se payer, et se payer très cher, cette petite fantaisie. En quatre enjambées, je parviens devant la porte. Je colle mon oreille à la serrure, mais ils ont dû entrer dans le salon, car le murmure qui me parvient est indistinct.

Alors je sonne, moi aussi, sur l'air de « J'ai mes godasses ». Silence total… Ils doivent vachement dresser l'oreille, les deux compères.

Je reprends mon petit solo de sonnette. Enfin, un glissement se fait entendre.

Une voix étouffée, celle de Jo, vaguement angoissée, demande :

— Qu'est-ce que c'est ?

— Un ami qui vous veut du bien, je rigole.

Il reconnaît ma voix altière et se décide à déverrouiller. Il est un peu pâlichon, le frère.

— J'ai oublié mes gants, dis-je…

Il bigle mes paluches.

— Vos gants ? bafouille-t-il d'un air sombrement hébété.

— Oui, reprends-je, tu sais, ces machins en peau qui ressemblent à des tétines vides et qu'on se colle aux mains pour se les tenir au chaud ou pour faire le crâneur ?…

— Vous êtes certain de les avoir laissés ici ? Je… j'ai bien regardé…

— Comment, tu as regardé ? Tu craignais que je les oublie ?

— Non, mais… je… je suis sûr que vous n'avez rien oublié !

— On peut toujours vérifier, non, ça ne coûte rien…

Je l'écarte d'une bourrade et je m'avance vers le salon. Parieux s'y trouve, comme prévu.

À mon arrivée, il se dresse et me regarde calmement.

Il est plus grand encore que je ne le pensais. Il a d'épais sourcils qui accentuent la proéminence du front. Son nez est crochu, ses pommettes saillantes, ses mâchoires très marquées.

Ce qui domine chez cet individu, c'est un sentiment de force morale. Il a quelque chose d'obstiné, de farouche… On sent qu'il conserverait son calme, même si vous mettiez le feu à son slip.

— Monsieur Parieux ? je demande gentiment.

— Lui-même ; à qui ai-je l'honneur ?

— Commissaire San-Antonio, c'est moi qui ai découvert hier matin le cadavre de Balmin dans votre voiture…

— Oh ! très bien, dit-il.

— Je croyais que vous ne vous connaissiez pas, dis-je en désignant Jo du pouce.

Parieux hausse les épaules.

— C'est, bien entendu, lui qui vous aura affirmé ça ?

Sa question qui sert de réponse à la mienne me désarme.

— Oui, fais-je, furax.

Il hausse les épaules avec mépris :

— Cela ne m'étonne pas de toi ! déclare-t-il au pédoque.

Jo fait sa jeune fille de bonne famille que le

colonel en retraite a surpris en train de rajuster sa jarretelle. Il rougit.

— Cet idiot est farouche comme une fille, poursuit Parieux.

Et il force le côté méprisant de son personnage pour bien me faire comprendre qu'il n'est pas de la pédale, lui.

— Il ne sort jamais d'ici, ajoute Parieux. Un vrai chien d'intérieur, je vous assure…

« Pourquoi n'as-tu pas dit à M. le commissaire que nous nous connaissons ?

Mes aminches, j'assiste en ce moment à un joli numéro de repêchage. Le Parieux est en train de remonter la situation à la force du poignet. Et il le fait avec un brio époustouflant.

— J'ai pas osé, bêle le naveton limoneux.

Un haussement d'épaules et la question est classée par l'homme au manteau de cuir.

— Il y a longtemps que vous connaissiez Balmin ? lui demandé-je.

— Une dizaine d'années… Je suis dans la vieillerie, moi aussi, spécialisé dans la branche numismate… Balmin était un de mes meilleurs clients et un de mes meilleurs amis…

Il ajoute avec un regard significatif à la lopette :

— En tout bien, tout honneur.

— Hier, vous êtes allé aux Postaux avec lui. Pour quelle raison ?

Il feint l'étonnement.

— Mais j'ai expliqué tout cela à la police…

— Ça vous contrarie de me le répéter ?

— Vous êtes chargé d'une enquête ?

Son ton reste courtois, mais je pige parfaitement le sous-entendu. Ce mec me fait comprendre à sa façon que je n'ai rien à foutre icigo et qu'il me répond uniquement parce qu'il a l'habitude de pratiquer la politesse, y compris avec les condés !

— Il n'est pas question d'enquête, assuré-je. Mais de mort naturelle ! Mettons que je sois intéressé par Balmin du fait que j'ai découvert son corps, c'est humain, non ?

Je ris sournoisement.

— En général, les flics ne découvrent jamais les cadavres, monsieur Parieux. Alors, forcément, je me pique au jeu…

— Forcément…

— Alors ? insisté-je, suave.

Il s'ébroue.

— Oh ! oui… Eh bien ! J'ai apporté un lot de monnaies d'or très important : plus d'un million… Pour faciliter ma trésorerie, j'ai demandé à Balmin de me régler ça immédiatement…

— En espèces ?

— Ça vous choque ?

— C'est une grosse somme…

— Voyons, monsieur le commissaire, réfléchissez. Dans mon commerce, on a besoin de liquide, que dis-je ! on ne travaille qu'avec le liquide… Les gens qui vendent des objets anciens sont des gens dans la gêne, n'est-ce pas ?…

« J'ai demandé à Balmin de retirer cette somme… Comme j'avais ma voiture, je lui ai proposé de l'emmener… Il a accepté… L'attente dans le hall des Postaux l'a fatigué… Il avait mal au cœur lorsque son numéro a été appelé et je l'ai accompagné au guichet.

Il dévide son histoire comme un funambule marche sur un fil. En calculant la portée de chacun des mots qu'il va proférer.

— Et après ? insisté-je impitoyablement.

— Après, nous avons regagné ma voiture, il m'a remis la somme… À ce moment, j'ai vu qu'il était près de midi et que j'avais raté un rendez-vous important avec un client de province… Je me suis excusé et suis allé au bureau de poste qui se trouve à l'autre extrémité du bâtiment des Postaux. J'ai attendu pour la communication, car je demandais la province… la banlieue de Rouen… pour être précis. J'ai parlé longtemps, puis je suis retourné à ma voiture… Il y avait un rassemblement autour… L'agent en faction m'a expliqué ce qui venait de se passer.

Il se tait et me regarde d'un air de me dire : « C'est tout ce qu'il y a pour votre service ? »

— Vous pouvez me donner votre adresse ?

Il se fouille, ouvre son portefeuille :

— Excusez-moi, monsieur le commissaire, je n'ai pas de cartes sur moi.

Il s'empare d'un petit coin d'enveloppe et écrit quelques lignes. Je lis : « Parieux, 20, rue Chaptal. »

— Merci…

Je glisse le coin d'enveloppe dans mon portefeuille.

— Eh bien ! voilà, fais-je, dans mon style le plus

rondouillard ; maintenant, cher monsieur, il ne me reste sans doute plus qu'une petite question à vous poser… pour aujourd'hui…

Ses sourcils se mettent en accent circonflexe.

Comme je tarde à cracher l'arête, il murmure :

— Je vous écoute.

Faites-lui confiance : pour m'écouter, il m'écoute en effet.

— Voyons, monsieur Parieux, comment se fait-il que Balmin ait fermé sa boutique et vous ait accompagné aux Chèques postaux alors qu'il pouvait vous faire un chèque au porteur ?

Ma question le prend entre les deux yeux. Il ouvre à demi la bouche. Ça tourne à plein régime dans sa calbombe… Il me semble qu'il lui sort de la fumée par les oreilles et les trous de nez… Si on mettait la main sur son front on se brûlerait, parole !

— Eh bien ! fait-il…

De la même voix qu'il a pris tout à l'heure je murmure :

— Je vous écoute ?

— Eh bien ! Balmin ignorait s'il est possible de délivrer un chèque à vue de cette importance. Dans le doute, il a préféré venir lui-même, car j'avais absolument besoin de cette somme.

Je lui souris : bien repêché ! Vous allez penser que je suis un vicelard, mais j'adore ces petites joutes. Surtout lorsque l'adversaire possède un pareil sang-froid.

J'avais marqué un point, il en a marqué un autre…

Avec un temps mort entre, mais officiellement il n'y a pas grand-chose à redire à sa riposte.

— Balmin a bien le téléphone ?

— Il l'avait, oui, rectifie Parieux.

Car il ne perd jamais une occasion de me mettre en échec.

— En ce cas, comment se fait-il qu'il n'ait pas téléphoné aux Postaux pour leur demander s'il était possible d'établir un chèque d'un million à vue ?

— Ça, dit Parieux avec une grimace, j'avoue que nous n'y avons pensé ni l'un ni l'autre…

— C'est pourtant très simple…

— C'est simple, considéré tranquillement avec le recul ; mais sur le moment, cela s'est déroulé très vite. D'autant que Balmin devait, au retour, profiter de ce qu'il allait à Montparnasse pour voir un de ses confrères rue de Rennes.

« Match nul », je me dis.

Pendant cet interrogatoire fort courtois, la lopette n'a pas bronché.

Il est adossé au mur, Jo, les pognes au dos, comme s'il voulait protéger sa vertu. Je le regarde et il bat des cils comme la jeune fille de la maison lorsque le fils des voisins vient proposer des billets pour la sauterie de la paroisse.

— Quelle gentille petite veuve, hein ? je rigole.

Parieux sourit, d'un sourire discret qui ne se livre pas.

J'avise mes gants sur le radiateur du chauffage central.

— Ah ! voilà ce que j'étais revenu chercher, dis-je.

Je les enfile lentement en regardant mes deux compagnons à tour de rôle. Non, décidément, ça ne tourne pas rond dans le coin. D'où vient ce sentiment de malaise qui plane sur l'appartement ? De la petite frappe ? De l'homme au manteau de cuir ? Du fait que nous nous trouvons dans le logement d'un homme étendu en ce moment dans une bassine à la morgue ? Ou bien cela vient-il de cette enquête qui n'en est pas une ? De ces investigations arbitraires qui me vaudraient une engueulade grande maison si elle étaient connues du Vieux [1].

Je renifle l'air sucré de ce salon… Un parfum fade et louche flotte ici. Balmin y menait une existence que je crois paisible. Entre ses veilleries et sa jeune fiotte, il devait être à peu près heureux… Du moins, autant qu'un homme puisse l'être ! Surtout un homme de cet âge…

Hier matin, quelque chose s'est produit. Quoi ? C'est ce que j'aimerais découvrir…

Comme ça, pour le sport. Parce que je sens un mystère et qu'un mystère m'est intolérable.

— Messieurs-dames, dis-je en adressant aux deux personnages un petit signe ni cordial ni hostile.

Et je mets les adjas.

1. Le Vieux et le chef de San-Antonio. Voir les précédents ouvrages.

CHAPITRE IV

N'omettez jamais certaines vérifications

Pendant une demi-heure j'ai oublié le dimanche et son fardeau de mélancolie…

(Avouez que je m'exprime comme un académicien… comme un académicien qui aurait du talent !)

Mais en ouvrant la porte de la rue, je le retrouve, ce dimanche, bien gris, bien morne, bien parisien…

Je soupire et referme la porte sans la franchir. Une idée me titille les cellules grises.

Je m'approche de la loge, frappe un petit coup rapide au carreau et je pénètre dans la tanière de la vioque.

Elle est là, la pipelette, avachie, croulante, vidée de toute dignité humaine… Elle se fait des réussites dans une odeur pesante et triste de crasse chaude, de graisse rance, de vinaigre.

Elle lève sur moi un regard gélatineux.

— Salut, ma bonne dame, dis-je en m'asseyant.

— C'qu'v'vlez ? éructe-t-elle.

— J'aimerais que vous placiez ce dix de trèfle sous le valet, dis-je, ensuite cette dame de carreau sous son barbu de mari ; et puis que vous ouvriez grandes vos manettes et que vous m'écoutiez...

Elle brouille ces cartes. C'est sa façon à elle de manifester contre mon intrusion.

— Vous avez tort, dis-je. Une réussite, c'est un peu un accessoire du destin, et on n'a pas le droit de malmener le destin.

Mais le baratin intellectuel, ça n'est pas le genre de la maison. Elle pousse un grognement qui, en truie, doit vouloir exprimer des choses peu gentilles.

— Écoutez, mémé, je déclare, il faut de tout pour faire un monde ; vous êtes concierge, moi je suis flic... L'histoire nous apprend que nous sommes faits pour nous entendre.

Elle est pleine à craquer, la vioque... Il y a de la vinasse dans sa moustache et ses yeux chavirent.

— J'me pas les flics, annonce-t-elle.

— Je ne tombe pas amoureux des concierges, riposté-je, mais le boulot commande. J'aimerais que vous me parliez un peu de Balmin. Il y a longtemps qu'il vit avec le petit endofé ?

— Oui...

— Quel genre de vie menaient-ils tous les deux ?

Elle me regarde sans comprendre.

— Ils s'entendaient bien ?

— Pardine, pisque y couchaient ensemble !

— Ça ne prouve rien, ils ne s'engueulaient jamais ?

— J'sais pas.

— Ils recevaient beaucoup de monde ?

— Pas en dehors du magasin…
— Vous connaissez un homme au manteau de cuir ?
— M'sieur Jeannot ?
— C'est ça, M'sieur Jeannot.
— Oui, je connais…
— C'est un ami ?
— Oui, c't'un ami… Travaille av'c eux j'crois…
— Exact…
— L'est ici en ce moment…
— Je sais, je viens de le voir…
Elle tend son index format hot dog en direction d'un kil de rouquin qui est posé sur le placard.
— Faites passer ! ordonne-t-elle.
Je lui tends le chérubin. Elle le débouche avec les dents et verse une rasade terrible dans son bol.
— V's'en v'lez ?
— Non, merci…
— Pas assez fin pour vot' gueule ?
— C'est pas ça, mais je suis comme les animaux, moi, je ne bois que lorsque j'ai soif… Par exemple, comme je suis un homme, j'ai souvent soif… Mais pas en ce moment, vous me suivez ?
Non, elle ne me suit pas, elle ne pourrait même pas suivre un enterrement d'escargots.
— Dites, la mère, Balmin était malade, n'est-ce pas ?
— Ange d'p'trine…
— Une angine de poitrine ?
— Oui…
— Il prenait souvent des crises ?

— Quéquefois.

— Qui le soignait ?

— S'm'd'cin…

— Son médecin, oui. C'est ce que dirait M. de la Palice.

— J'l'connais pas ! assure cette cérébrale du balai.

— D'accord, vous ne connaissez pas M. de la Palice. Pour être franc, moi non plus… Mais vous connaissez bien le médecin de feu Balmin, non ?

— D'c't'r Bougeon…

— Il crèche dans le quartier ?

— Place des Ternes.

— Merci du tuyau. C'est tout ce que vous voyez à me dire ?

— C'est tout !

Elle cramponne son litre de rouge et s'en téléphone un vieux coup. Il ne me reste plus qu'à me déguiser en courant d'air. Dans une loge de concierge, c'est un travesti facile à adopter.

*
* *

Docteur Étienne Bougeon, ex-interne des Hôpitaux de Paris. Ex-chef de clinique à l'hôpital Laënnec…

Un loustic a ajouté à la craie sous la plaque de cuivre :

Ex-abonné à la Compagnie du Gaz…

Je grimpe un étage dans un immeuble cossu, avec tapis rouge et barres de cuivre encaustiquées.

Je bigle sur le ventail d'une lourde à double battant la réplique de la plaque de cuivre. Je sonne.

Un clébard se met à aboyer quelque part dans l'appartement.

La porte s'ouvre sans que j'ai perçu d'autres bruits et je me trouve en face d'un petit homme de cinquante berges, aux cheveux en broussaille, vêtu d'une veste d'intérieur. Un boxer passe son museau écrasé entre ses cannes, L'un et l'autre me considèrent avec plutôt de la réprobation..

— Docteur Bougeon ? je questionne.

— C'est moi.

Il a une voix sèche comme un bruit d'allumette frottée, ses yeux sont noirs et froids. Il est pâle avec un air d'ennui peint en blanc sur le visage.

Une vraie gueule de dimanche après-midi !

— Je viens au sujet de M. Balmin, votre client…

— Ça ne va pas ?

— Ça ne va plus, dis-je.

— Voulez-vous dire que…

— Oui, il est mort. Vous ne lisez donc pas les journaux ?

— Très rarement…

Il ne paraît pas surpris outre mesure. Il est vrai qu'un toubib n'est jamais surpris par le clabotage d'un de ses clients. Ce serait plutôt le contraire qui les épaterait !

— Puis-je vous entretenir un instant ? demandé-je en produisant ma carte.

Il y jette un rapide coup d'œil et son expression d'ennui s'accentue.

— Entrez ! dit-il.

Nous nous installons dans son salon d'attente aux fauteuils ravagés.

— Ludovic Balmin est mort hier, un peu avant midi… Il est mort sur la voie publique et ce, dans des circonstances qui ne sont pas très claires, encore que le médecin légiste ait conclu à la mort naturelle…

— Eh bien ! alors ?

Pour un médecin, il n'y a pas trente-six vérités ! Du moment qu'un de ses confrères croit en la mort normale, il n'entrave pas le motif de ma visite.

— Balmin souffrait de quoi, au juste ?

— De troubles cardiaques graves. Il faisait de l'angine de poitrine, mais avec des complications. Je suppose qu'il est mort subitement ?

— C'est exact…

Il a un ricanement satisfait.

— Parbleu !… Je lui avais formellement interdit tout effort, de quelque nature qu'il soit. Mais il menait une vie de barreau de chaise avec son godelureau…

— Jo ?

— C'est ça…

— Puis-je vous demander ce que vous entendez, docteur, par une vie de barreau de chaise ?

— Rien d'autre que ce que vous pensez. Balmin aurait dû, depuis des années, lâcher les affaires et… l'amour. Mais les hommes qui tiennent tant à leur peau aiment à la risquer.

— La Bruyère ! fais-je.

— Quoi ?

— La Bruyère a dit quelque chose de ce genre voici déjà un bout de temps…

— C'est juste ! Je ne savais pas qu'on avait des lettres dans la police !

Je lui décoche une courbette de gratitude.

— En somme, demande-t-il, pour quelle raison êtes-vous venu me trouver ?

— Je tenais à m'entendre dire par son médecin traitant que Balmin devait mourir subitement.

— Eh bien ! je vous le répète : il ne pouvait mourir autrement. La moindre émotion, le moindre effort physique et il était assuré d'y passer…

— La moindre émotion ?

— En théorie, du moins. Vous savez, dans notre métier, la théorie joue un rôle prépondérant.

— Sûrement. Dites-moi encore, docteur, puisque vous êtes l'homme connaissant le mieux l'état physique du vieillard, si Balmin avait été menacé d'un grand danger, donc s'il avait ressenti une grande peur, lui aurait-il été possible d'écrire ?

— D'écrire ?

Je sors mon larfouillet et j'en extrais le fameux talon de chèque sur lequel le vieux a écrit « Au secours ! ».

— Voyons, poursuis-je, lorsqu'on est menacé au point de crier au secours, on a la tremblote et il devient difficile, voire impossible à l'homme le mieux trempé, d'écrire quoi que ce soit, non ?

— Il me semble…

— Bon… Alors ce qui paraît difficile de la part

d'un homme normal devient impossible de la part d'un grand malade du cœur… Or, voici les derniers mots que Balmin a écrits, quelques minutes – on peut même dire quelques secondes ! – avant sa mort…

Il lit les deux mots.

— Étrange en effet…

— L'écriture est nette, sans bavure, sans tremblotements… Un angineux affolé peut-il avoir assez de sûreté pour tracer ces mots ?

— Je ne le crois pas…

— Alors il faudrait admettre que Balmin n'était pas en proie à cette forte émotion que nous supposons. Mais le sens des deux mots est d'une telle éloquence qu'il contredit ce point de vue…

Le petit toubib hausse les épaules… Il avance la main, flatte la tronche du boxer…

— À moins que ce ne soit pas lui qui ait écrit cela…

— Oh ! c'est lui, affirmé-je… J'en suis absolument cer…

Je boucle ma grande gueule à double tour et je chope le coin d'enveloppe sur lequel Parieux, tout à l'heure, a noté son adresse.

Les mecs ! Si vous pouviez mater le gars San-Antonio ! Je dois valoir le déplacement. De quoi justifier un voyage organisé ! Ma hure vaut le Mont-Saint-Michel, la cathédrale de Chartres… Naples ou la pointe du Raz !

En comparant les deux morceaux de papelard, je constate que les deux portent la même écriture.

Conclusion : c'est Parieux qui a écrit cet « au secours » sur le talon de chèque…

Alors là, que voulez-vous, je perds les pédales. Il me semble que ma raison fait le grand soleil… Je perds la boule… Si vous la retrouvez, prière d'en faire un paquet et de me la réexpédier à mon domicile contre remboursement. Le toubib me regarde…

— Qu'y a-t-il ?

— Rien, fais-je… Merci… Je m'excuse, docteur, je…

En zigzaguant, je gagne la sortie tandis que le boxer me renifle les talons et regarde son maître avec l'air de lui demander si mes noix sont comestibles !

CHAPITRE V

Ne mangez pas d'œufs le soir

— Hector est parti, me dit Félicie…

— Tant mieux, fais-je…

— Tu as passé une bonne journée ?

— Très bonne, merci, m'man !

Elle n'insiste pas. Félicie c'est la discrétion personnifiée.

— Il reste de la quiche et des petits pois, avec du fromage, ça ira pour ce soir, tu ne crois pas ? Si tu as très faim, je peux te faire des œufs bourguignon…

— Je n'ai pas très faim, m'man.

— Tu n'es pas malade ?

— On peut ne pas avoir très faim sans pour cela être malade, m'man… Mets-toi ça dans la tête une fois pour toutes, sans quoi tu mourras d'inquiétude…

Ce terme me fait l'effet d'une décharge électrique.

« Mourir d'inquiétude… »

Au fait, de quoi est mort Balmin ? De peur.

Oui, plus ça va, plus je me souviens de son visage lorsqu'il est sorti de derrière le paravent de fer. C'était le visage d'un gars malade de peur… Le visage de la peur elle-même…

Qui lui faisait peur ? Parieux ?

Pourquoi alors ce dernier a-t-il écrit cet appel sur le talon de chèque ? Est-ce l'agresseur qui crie au secours ? Non !

Alors il faudrait conclure que Parieux *était aussi* victime, qu'il était menacé… Il était menacé mais il ne pouvait pas le dire ! Il ne pouvait que l'écrire… C'est donc que quelqu'un était là, tout prêt à les guetter ?…

— À quoi penses-tu ? me demande Félicie…

J'atterris !

— À… À des choses, fais-je… À des choses bizarres…

— Si bizarres que cela ?

— M'man, c'est l'histoire d'un type qui est mort de peur… Et j'ai l'impression idiote que c'est le type qui lui faisait peur qui a crié « au secours »… Du reste il ne l'a pas crié mais l'a écrit, ce qui tendrait à prouver qu'il avait peur aussi… Et pourtant cet homme je l'ai vu tantôt ; s'il avait eu quelque chose à me dire, il avait l'occasion de le faire… Au contraire il m'a jeté de la poudre aux yeux…

Je lève les bras et les laisse retomber gracieusement de chaque côté de mon individu.

— Tu vois, c'est d'un compliqué…

Félicie médite un instant.

— Je vais te faire des œufs bourguignon, décide-t-elle, la quiche, c'est trop lourd pour le soir !

*
* *

Dans le noir mes pensées font du vol plané au-dessus de mon lit. Ces pensées-là sont voraces et acharnées comme des corbeaux.

Je voudrais pourtant bien lâcher la rampe un instant et en écraser, histoire de laisser refroidir mon cigare.

Mais obstinées, mes pensées lourdes et noires tournent, tournent. Le petit vieux est mort de peur… Je revois sa gueule livide, ses yeux égarés, son nez pincé, la sueur perlant à ses tempes. Il se sentait mal. Il commençait de canner au milieu de la foule indifférente, sous les yeux d'un flic… Et l'autre, le Parieux, avec sa tête de Montherlant, son manteau de cuir, sa maîtrise ?… Quel rôle jouait-il ? Celui du bourreau ? Celui du compagnon d'infortune ?…

Il est l'ami du vieux Balmin ; ils travaillent ensemble depuis plus de dix ans…

Le million est pour lui, il ne s'en cache pas… Il court le dire à la police… Il n'hésite pas à se mouiller…

Tout me porterait à croire que c'est un champion ! Qu'il est calculateur, qu'il a manigancé un coup maison… Mais cet « au secours » fout tout par terre !

Voyons, derrière le paravent de tôle, les deux hommes ne pouvaient être vus que de dos, et encore à condition que celui qui – peut-être – les surveillait, se soit tenu devant l'entrée. Or moi qui attendais devant le guichet, je n'ai rien remarqué…

Un homme qui crie « au secours » c'est un homme qui implore de l'aide. De l'aide, il pouvait en demander à l'agent en faction, à l'employé auquel il a bien fallu parler… Au milieu de la populace, ils ne craignaient rien, voyons !

Et pourtant !

Je revois le petit pédoque en Technicolor qui joue au chat de luxe dans l'appartement douillet du boulevard de Courcelles,

Curieux personnage aussi. Il est savonneux, il vous glisse des doigts… Il se réfugie derrière la façade de son vice. Il attend…

Il attend l'héritage du vieux. Du chagrin ? Non… Il est assez franc ou inconscient pour ne pas interpréter la comédie du désespoir. Il a joué les intrigantes, les coureuses d'héritages…

Qu'est-ce que Parieux venait foutre cet après-midi, chez le défunt antiquaire ?

La lopette, ça n'est pas son genre, là-dessus je n'ai pas d'hésitations… Tout ça est propulsé dans mon cervelet comme par un mixer. La force centrifuge… ou centripède !

Balmin, Parieux, Jo, la grosse concierge, le petit docteur, le boxer, le talon de chèque ! Au secours ! Au secours ! Un litre de rouge. Mélangez le tout, agitez, servez très chaud ! Le mystère se sert toujours très chaud !

Je m'endors, je reviens à la surface du sommeil, je tourne dans mon lit dont les ressorts protestent avec véhémence…

La voix de Félicie :

— Tu ne peux pas t'endormir ?

— Non, m'man…

— Ça doit venir des œufs bourguignon, j'ai trop épicé la sauce !

Parce que Félicie, vous savez, en brave vieille *mother*, ramène tout à des considérations stomacales lorsqu'il s'agit de son fils unique et bien-aimé.

Je finis pourtant par y aller de mon voyage au pays des rêves et il fait grand jour lorsque je m'éveille.

Après tout, c'étaient peut-être bien les œufs bourguignon qui me tourmentaient, cette nuit ! Vu au soleil, tout me paraît plus simple… Pas exactement plus simple, mais plus susceptible d'être éclairci…

Le bon Dieu a fait le mystère pour que le flic le perce et c'est très bien ainsi…

Je passe ma robe de chambre et je descends à la salle à manger où m'attendent des toasts bien à point. Cette fée ménagère de Félicie se débrouille toujours pour que mon petit déjeuner m'attende, bien chaud, bien parfumé à l'instant précis où je pousse la porte.

— Du courrier, m'man ?

— Une facture et ton relevé de compte postal…

Exactement ce qu'il ne fallait pas dire !

Le petit air d'accordéon guilleret qui jouait en moi se tait brutalement.

Je regarde, posée sur la table, la petite enveloppe jaune de toute dernière qualité des Chèques postaux…

Je bondis au téléphone… Chez nous, dans notre banlieue, il est encore mural comme dans les bistrots de campagne.

— Tu ne déjeunes pas ? se lamente Félicie…

— Une seconde, m'man…

La voix du chef ! Nette comme une poignée de main…

— Bonjour, San-Antonio.

Pas besoin de se présenter, lorsqu'il décroche, son pifomètre lui dit le nom de son interlocuteur.

— Salut, patron, du nouveau ?

Tous les jours de la semaine dernière je priai le ciel pour qu'il me réponde par l'affirmative, et voilà que ce matin ma prière est orientée dans l'autre sens.

— Oui, dit-il… J'allais vous appeler.

J'en ai un frémissement dans le calbard !

— Ah !…

— Vous partez pour Chicago, dit-il…

Du coup j'en ouvre une bouche grande comme le tunnel de l'autoroute !

— Pour Chicago !

— Oui… Je fais préparer vos papiers, vous partirez après-demain, venez demain après-midi à mon bureau, je vous mettrai au courant de la situation.

Il raccroche…

— Pour Chicago…

— Du nouveau ? demande par ricochet Félicie qui radine de sa cuistance.

— Je pars après-demain pour les États-Unis !

— Seigneur ! se lamente-t-elle, si loin !

Je fais claquer mes doigts.

— Ça me laisse quarante-huit heures pour m'occuper de mes petits copains, décidé-je.

— Quels petits copains ?

Je la regarde.

— Oh ! des gens…

Elle n'insiste pas. Moi je suis déjà en train de potasser l'annuaire du téléphone. Je compose fiévreusement un numéro… Une sonnerie lancinante. Enfin on décroche. Une voix ressemblant à une baignoire qui se vide demande :

— C'qu' c'est ?

— Je suis le policier d'hier, vous vous souvenez, chère madame ?

— Hummf !

Je prends ce bruit pour une affirmation et je continue.

— S'il arrive du courrier au nom de Balmin, soyez gentille, ne le montez pas à la petite lope, mettez-le-moi de côté, compris ?

— Hummf !

Je raccroche.

Félicie me guette avec des yeux d'épagneul.

— Dépêche-toi de déjeuner, ça va être froid…

— Une seconde, m'man.

Je compose un troisième numéro. Celui de la maison poulagas.

— Passez-moi l'inspecteur Chardon, ici San-Antonio…

J'attends un bout de moment. Félicie, ulcérée, remporte mon bol de café à la cuisine pour le faire chauffer.

Enfin, Chardon mugit « allô ? » en essayant d'avaler d'un seul coup les quinze cacahuètes qui lui emplissent la gueule. Il manque d'étouffer et il tousse comme un perdu.

— Prends ton temps, boulimique ! je rigole…
« Si tu t'étouffes ça ne fera jamais qu'une bourrique de moins dans les rues de Paris…
Il vient à bout de son tube digestif.
— Je m'excuse, m'sieur le commissaire… Vous allez bien ?
— Oui, et ton enquête, comment va-t-elle ?
— Mon enquête ?
— Au sujet de mon macchab ?
— Ah ! Oh ! l'affaire est classée… Le type, vous le savez, est mort de sa bonne mort !
J'ai toujours aimé cette expression : « sa bonne mort ! », comme si la mort pouvait être bonne !
Je ricane :
— Et l'histoire du talon de chèque sur lequel il a écrit « au secours », malin ?
— Il a eu un malaise, comme il n'a pas pu parler, il a écrit ça…
Je n'insiste pas.
— Bon, je voulais simplement savoir où en était l'affaire…
Une inquiétude le saisit :
— Vous avez une idée ?
— Tu as déjà vu un flic avoir des idées, toi ?
— Vous pensez que ?…
— Tu as déjà vu un flic penser, toi ?
Découragé il balbutie :
— Non, m'sieur le commissaire !

CHAPITRE VI

Ne faites jamais bouillir votre lait avant de vous coucher

Quarante-huit heures !

Et puis, hop ! Un vache voyage à Chicago, le pays des gansgters ! Au fond le futur se présente bien, y a pas d'erreur !

Je choisis une cravate gris perle avec une minuscule rayure bleue en travers.

Un nuage de brillantine et voilà un mec d'attaque !

— Tu rentres déjeuner ? interroge Félicie.

— Sûrement pas…

Je l'embrasse et je me taille en adressant pardessus la haie un petit signe affectueux à Marinette, la bonniche, qui secoue les draps de ses singes à une fenêtre…

Les amours ancillaires c'est ma partie. Je préfère calcer plutôt une servante qu'une marquise, on est aussi bien servi et ça revient moins cher !

Un quart d'heure plus tard, j'arrête mon bolide rue Chaptal, pile devant le numéro 20… Un peu plus loin, se trouve le Grand-Guignol. On est dans l'ambiance, vous le voyez !

La concierge n'est pas chez elle, mais un tableau des locataires est fixé à sa porte.

Parieux, quatrième droite…

Un ascenseur m'élève à la vitesse d'un suppositoire partant en mission dans un intestin.

Quatrième droite…

Je sonne. Silence complet…

Je colle ma manette au battant… Un petit bruit continue pareil à un souffle se fait entendre à l'intérieur de l'appartement. En même temps, une odeur significative titille mon odorat.

Je sors mon petit appareil à convaincre les serrures et j'ouvre la porte. Rien de duraille, elle n'était que tirée.

Aussitôt je comprends que je ne me suis pas gouré. Je mets mon mouchoir devant mon pif, je traverse l'appartement comme un météore, fonçant droit vers le sifflement. Une cuisine, un réchaud à gaz, une casserole de lait sur un bec sans feu qui fuse. Je pige tout. Je ferme le robinet, j'ouvre tout grand la fenêtre de la cuisine, puis celle du studio attenant. Enfin je bigle rapidos autour de moi.

Parieux est couché sur un divan, dans la position d'un dormeur. Mais il est mort…

Je pousse une série de jurons qui feraient rougir un charretier.

Moi qui venais lui demander des explications au sujet de son mystérieux « au secours » ! Me voilà servi !

L'appartement pue le gaz et je sens que ça me prend le cigare comme dans un étau.

J'ouvre toutes les portes, toutes les fenêtres et je sors un instant sur le palier.

Après tout, pourquoi perdre du temps. J'appuie sur la sonnette voisine. Une vieille dame avec un tour de cou de velours et quarante centimètres de fond de teint vient m'ouvrir.

— Vous désirez ?

— Il y a eu un accident, dis-je, votre voisin de palier est mort par le gaz… Il faut prévenir les pompiers…

— Quelle horreur ! s'écrie la vieille dame…

Son râtelier manque de lui échapper, elle le rajuste d'un index averti.

— Comment cela s'est-il passé ?

— Une casserole de lait sur le gaz… Il l'a oubliée, s'est endormi et ne se réveillera pas avant le jugement dernier…

Elle est indignée, la vioque !

— Comment pouvez-vous faire de l'esprit en un pareil moment ! s'exclame-t-elle.

— Tout bêtement, dis-je… C'est un peu par déformation professionnelle ; dans la police, le cadavre c'est notre matière première, faut comprendre !

— Vous êtes policier ?

— Depuis quelques années déjà… Ne restons pas ici, ça chlingue trop !

Je la pousse dans sa carrée et je referme la porte.

— Téléphonons aux pompiers pour commencer, décidé-je.

Elle me laisse agir. J'alerte les casques de cuivre et je me tourne vers la voisine.

— Vous connaissiez Parieux ?

— Comme ça… En voisin…

Je me doute qu'il ne lui a pas grimpé dessus, ou alors fallait qu'il soit farouchement porté sur l'antiquité !

— Il est marié ?

— Veuf…

— Des enfants ?

— Non…

— Des maîtresses ?

— Oh ! quelle horreur !

Elle ajoute :

— Je suis demoiselle…

— Que vous soyez demoiselle n'empêchait certainement pas votre voisin de se farcir des souris quand ça le démangeait, rétorqué-je…

Une seconde fois son dentier se fait la valise, si elle ne l'avait pas rattrapé en voltige, elle me le glaviotait sur les pinceaux !

— Vous avez des façons ! s'indigne la vieille vierge.

— D'accord, mais vous ne m'avez pas répondu : Parieux avait-il des petites amies ?

Elle doit certainement rougir sous ses plâtras.

— Il en avait tout au moins une, avoue-t-elle en baissant chastement les yeux.

— Voyez-vous… Elle venait souvent ?

— Presque tous les jours…

— Vous savez son nom ?

— Elle s'appelait Isabelle…

— Vous ne confondez pas avec le dernier roman de la collection Bluette ?

— Cessez vos manières ! glapit la vioque…

Elle a pris la sage précaution de se mettre la main devant la bouche pour bonnir ça, autrement son râtelier partait vivre sa vie…

— Où habitait-elle, cette Isabelle ?

— Je n'en sais rien…

— Elle couchait ici… Enfin, la nuit ?

— Quelquefois…

— Cette nuit, par exemple ?

Je suis bien certain que la vioque passait ses soirées l'oreille à la cloison, à écouter Parieux et sa souris, attendant qu'ils s'envoient en l'air…

— Elle est venue hier au soir, puis elle est repartie peu de temps après…

— À quoi ressemble-t-elle, cette gosse ?

— Elle est jeune… Brune…

— Jolie ?…

— Ça dépend des goûts… Moi, je lui trouvais un mauvais genre, mais les hommes ont de ces idées !

M'est avis, les mecs, que la souris de Parieux doit être drôlement baraquée, c'est un truc qu'une vieille savate comme la voisine pardonne difficilement…

Je me dis qu'il va falloir la retrouver en vitesse cette sangsue, *because* elle peut éclairer ma lanterne magique. Car si vous supposez un demi-quart de seconde que je crois à la mort accidentelle de Parieux, alors c'est que vous avez de la paille d'emballage à la place du cerveau…

— Il recevait beaucoup de visites, Parieux ?

— Non…

La trompe des pompelards retentit. Ces zouaves-là, faut toujours qu'ils se déguisent en cyclone !

— Nous aurons peut-être besoin de votre témoignage, dis-je à la vieille. Quel est votre nom ?

— Mademoiselle Verdurier…

— O.K., merci…

Les pompelards sont vachement outillés. En dix minutes le local empesté est redevenu « vivable ».

Le sous-officier qui commande le détachement de secours et auquel j'ai montré ma carte me dit :

— Le type a son compte… On l'emmène ?

— Non, dis-je… Il faut que je travaille maintenant et il peut m'être utile… Je le ferai embarquer par Police Secours.

— Très bien…

Me voici seul dans l'appartement du défunt. Seul avec lui… La demoiselle d'à côté s'est propagée dans la strass et ça gronde dans l'escalier comme dans un poêle dont on a omis de fermer la porte du bas. Pas besoin de prévenir les condés, je suis bien certain qu'avant cinq minutes ils vont radiner, les coudes au corps, et disperser la populace à coups de pèlerine ! C'est la tactique maison numéro 1.

L'appartement est en ordre. Il se compose d'un vaste studio luxueusement meublé, d'une petite entrée, d'une cuisine-salle d'eau et d'une minuscule pièce qui sert de débarras.

Le cadavre ne porte aucune trace suspecte. Il va aller rejoindre à la morgue son vieux copain Balmin.

Avant-hier, ces deux gars étaient à un guichet des Chèques postaux. Ils vivaient le début d'une étrange et incompréhensible aventure. Et maintenant les voilà déguisés en statues, l'un et l'autre. Je ne saurai peut-être jamais pourquoi Parieux a écrit « au secours » sur un talon de chèque…

Je fouille dans les tiroirs des meubles : rien. Des factures classées dont beaucoup sont établies au nom de Balmin.

Il avait de l'ordre, Parieux. En tout cas si on l'a buté, ça n'était pas pour le voler, car l'appartement est envahi par des bibelots précieux dont certains doivent valoir une fortune !

Dans son portefeuille je trouve une liasse de biftons… Deux cents lacsés, pas tout à fait… Des papiers d'identité…

Sur ce : coup de sonnette signé bourdille.

Je vais ouvrir : deux hirondelles se tiennent debout devant le paillasson tandis que les locataires de l'immeuble et ceux des maisons avoisinantes font le siège de l'étage…

L'un des deux matuches me reconnaît.

— Oh ! vous êtes là, monsieur le commissaire !

Il chuchote à son coéquipier :

— C'est San-Antonio.

L'autre m'administre son salut le plus fervent.

— De la casse ? demande le premier.

— Un accident, jusqu'à preuve du contraire… Prévenez la P.J., les enfants, et dites, qu'on m'envoie tout de suite un médecin légiste.

*
* *

— Mort par suffocation, affirme le toubib.

— Aucune trace suspecte ?

— Aucune…

Ce médecin est une vieille connaissance à moi. Il relève ses lunettes sur son front, ce qui lui donne une vague allure de motocycliste.

— Vous pensez que ce décès pourrait ne pas être accidentel ?

— À vrai dire, j'en suis intimement persuadé…

Il sait que je ne plaisante pas.

— Ah ! fait-il, dubitativement.

Il me regarde, regarde le cadavre… Il est perplexe…

— Oui, renchéris-je, c'est un crime, docteur… Cet homme a été tué d'une façon très pittoresque : avec un demi-litre de lait… Quelqu'un a posé cette casserole de lait sur un foyer du réchaud… Ce quelqu'un savait que le lait en bouillant déborderait et éteindrait le gaz…

« Seulement, il fallait que ce quelqu'un fût certain que Parieux n'irait pas éteindre. Donc Parieux était neutralisé d'une façon ou d'une autre… On l'avait soit drogué, soit attaché, ou bien encore assommé. C'est pourquoi je vous demande si tout est O.K. du côté du macchabée.

Il recommence un examen minutieux de la victime.

— Il n'a pas été attaché, dit-il, non plus qu'assommé…

Il regarde avec une lampe électrique dans la bouche mi-ouverte du mort.

— On ne l'a pas empoisonné non plus. Un somnifère ? Seule l'autopsie nous renseignera à ce sujet…

— Alors, faites-la vite… Doc, je veux la réponse cet après-midi, je vous téléphonerai, d'accord ?

— D'accord.

Je sors et commence à fendre la foule grouillante… Tous ces lavedus me regardent passer comme si j'étais l'ex-roi Farouk.

— Vous n'avez donc rien à foutre ? je leur demande…

Un murmure de protestation me répond.

— On a bien le droit de savoir ! dit une matronne moustachue comme Marcel Cachin. Après tout c'est notre immeuble…

Pour un peu elle ajouterait :

« C'est notre mort ! »

Un drôle de mort… Assassiné par un demi-litre de lait !

Officiellement un mort naturel…

De même que Balmin est un mort naturel… Tout est trop naturel dans cette histoire.

Ce n'est pas naturel !

CHAPITRE VII

N'écoutez jamais
les petits lutins moqueurs

Il y a dans mon crâne une espèce de petit lutin pas plus gros qu'un poil de nez qui me chuchote des trucs bizarres.

« Pourquoi tiens-tu à ce qu'il y ait un mystère dans tout ça ? me dit le lutin. Pourquoi ces deux hommes ne seraicnt-ils pas morts normalement, après tout ? Sans blague, San-Antonio, tu ne crois plus aux coïncidences, toi ? »

Je ne lui réponds rien… Je continue de descendre les marches de l'immeuble.

« Oui, reprend le lutin, tu vas encore t'arrêter chez la concierge, en bon flic que tu es !

« Toi, tu travailles à la papa, style commissaire de police ! Oui, oui, je te vois venir… »

Il y a un groupe de personnes chez la pipelette, qui commentent l'incident… À cause de mon lutin moqueur, je passe fier comme Artaban devant la loge…

« Oh ! ça va ! gouaille le lutin, ne fais pas le susceptible, moi, ce que j'en disais, c'était histoire de te faire renauder un peu… Bien sûr qu'il faut la voir, cette concierge, peut-être sait-elle qui est Isabelle… Et Isabelle sait peut-être quelque chose… Et ce quelque chose confirmera tes doutes. C'est cela que tu attends, non ?

« Tous les humains sont embriqués les uns dans les autres… Ils se tiennent tous par la main… ou par ailleurs ! Et toi, mon petit flic déluré, tu sais cela, alors… »

Je cogne sur mon front.

— Oh ! ta gueule ! je grommelle.

Le lutin la boucle instantanément.

Je décris alors un volte-face et j'entre sans frapper chez la concierge. Je comprends pourquoi elle n'est pas au quatrième, à essayer de voir quelque chose : elle a les flûtes paralysées et c'est son vieux qui doit s'occuper de la cambuse.

Elle, elle vit au fond de son trou noir comme un cloporte. Elle est maigre et blême comme une endive. Des lunettes teintées de bleu creusent encore ses orbites.

Autour d'elle, ça jacasse vilain, les gars ! On se croirait au zoo, rayon des perroquets en tous genres.

Quatre ou cinq commères font marcher leurs menteuses à plein régime. Mon arrivée ramène le silence.

— Salut la compagnie, dis-je…

Je les regarde d'une façon appuyée, histoire de leur mettre les cannes en flanelle-coton.

— Police ! fais-je tranquillement…

Un frémissement court dans l'assistance comme un souffle de vent sur les blés mûrs !

Toujours cette bonne vieille poésie française, vous voyez ! Va falloir me virer à coups de pompes dans le luth !

— Jean Parieux avait une amie, dis-je, une fille brune répondant au doux prénom d'Isabelle… Qui peut me dire où elle crèche ?

— Je ne sais pas où elle habite, déclare la concierge, mais ils mangent très souvent au restaurant Saint-Marcoux, en face, et peut-être aurez-vous un renseignement dans cet établissement ?

— Rien à signaler sur l'activité de Parieux ?

Elle hausse les épaules.

— Mon Dieu, je ne vois pas…

— Hier soir, la fille est venue ?

— Ils sont rentrés ensemble…

— L'heure ?

— Vers neuf heures et demie…

— Donc ils avaient dîné ?

— Je n'en sais rien…

— La femme est repartie à quel moment ?

— Une petite heure plus tard…

— Vous l'avez vue ?

— Oui…

— Comment était-elle ?

— Comme d'habitude…

— Excitée ?

— Non, je ne pense pas… Elle m'a saluée en passant, mon mari avait poussé mon fauteuil devant la porte…

Le petit lutin me chuchote :

« Alors ? Tu es plus avancé maintenant ? »

Et il se gondole…

— Ça va, merci, dis-je… Si la fille s'annonçait, ce matin… ou plus tard, dites-lui qu'elle se mette en rapport avec la police.

L'une des commères avale sa salive et demande :

— Vous croyez qu'il ne s'agit pas d'un accident, monsieur l'inspecteur ?

— Mais non, fais-je… Mais non… C'est un accident banal, seulement il faut prévenir la famille, vous comprenez ?

Si je reste une fraction de seconde de plus, elles vont se déclarer comme une épidémie de rougeole et il faudra que j'engage M. Champagne pour répondre à toutes leurs questions…

— Mesdames !

Et me voici dehors… Les émanations de gaz m'ont flanqué un mal de bocal maison.

Je respire un grand coup et je fonce au bistrot-restaurant dont m'a parlé la concierge.

Un homme gros comme une maison et ceint d'un tablier bleu est affalé derrière un zinc.

Je me présente. Ma qualité de commissaire ne semble pas l'impressionner, ni même l'intéresser. Il soulève une paupière lourde comme un rideau de grand magasin et passe une main épaisse comme la connerie d'un gendarme dans ses cheveux en brosse.

— Vous venez pour l'histoire d'en face ? me demande-t-il.

— Vous savez déjà ?

Il doit me prendre pour l'idiot de mon village car

sa bedaine a un sursaut comme si elle donnait asile à un ménage de loups affamés.

— Ce serait malheureux si je ne m'apercevais pas que les pompiers et les flics font le siège de la maison d'en face… C'est M. Parieux qu'est mort ? Un brave type…

— Vous le connaissiez bien ?

— Un client ! On connaît toujours ses clients, surtout lorsque, par-dessus le marché, ce sont vos voisins…

— Quel genre d'homme ?

— Sérieux, intelligent…

— Il venait souvent chez vous, n'est-ce pas ?

— Au moins une fois par jour, sauf lorsqu'il partait en voyage…

— Il partait souvent ?

— De temps en temps…

— Vous connaissez la fille qui l'accompagnait quelquefois ?

— Mademoiselle Isabelle ?

— Oui.

— Oui…

— Vous savez son nom de famille ?

— Attendez… Un jour Parieux l'a présentée à un ami… Je sais que c'est la fille d'un toubib… Un toubib de la place des Ternes !

Je bloque la nouvelle au creux de l'estomac, là où le plexus joue au con les lendemains de bringue…

Le patron soulève son autre store et me regarde avec enfin une lueur d'intérêt dans la prunelle…

Je me dis qu'un flic ne doit jamais laisser

deviner ses sentiments, surtout pas les sentiments dits « de surprise ».

— Servez-moi un grand blanc ! ordonnai-je.

Ça, c'est un langage qui lui est familier et qui constitue sa musique intime.

Il répète avec un rien de dévotion :

— Un grand blanc !

Puis il se baisse, raffle une bouteille sous son zinc…

— Le blanc, dit-il, y a rien de meilleur, lorsqu'il est bon. Le mien vient de la propriété…

Il ne précise pas de laquelle… Je vide mon godet.

— Allez-y d'un autre voyage, boss !

Là une ombre de sourire plisse sa bouche.

— Et un autre ! annonce-t-il…

La sympathie se lit maintenant sur son visage abrupte comme sur l'écran du journal lumineux.

— Oui, fait-il, revenant au sujet, c'est triste, ce pauvre Parieux. Ce qu'on est peu de chose, hein ? Le gaz… Le gaz, c'est traître…

Je stoppe net ces considérations pertinentes certes, mais d'un ton par trop général.

— La petite, dis-je, la fille du docteur, elle ne s'appelle pas Bougeon ?

Il fait un signe affirmatif.

— Juste, vous connaissez ?

— Un peu…

Je sirote mon second glass. La tentation est trop forte pour le gros. Il se sert une tombée dans un grand verre et plonge son nase dedans.

— C'est marrant, dit-il, mais voyez-vous, commissaire, le nez, ça existe.

J'opine énergiquement en considérant le sien qui pourrait servir de plat de résistance à une tribu d'anthropophages.

— Tenez, enchaîne le taulier, ce matin, quand j'ai ouvert l'estanco et que j'ai vu que la voiture de M. Parieux avait passé la nuit dehors, j'ai eu comme un pressentiment… Ça n'est pas dans ses habitudes de laisser sa bagnole dans la rue pour la nuit. D'autant qu'il remise au garage du bout de la rue…

Du doigt il me désigne le cabriolet dans lequel, avant-hier, j'ai dégauchi le corps de Balmin…

— Tiens, oui, fais-je, sa voiture…

Je réfléchis… Tout ça corrobore bien mes impressions. Parieux était un homme ordonné. Donc, s'il était ordonné, il allait remiser son tank avant de se pieuter… Il ne se serait pas couché sachant que sa calèche était dehors…

— Il a bouffé ici, hier au soir ?

— Oui…

— Avec sa souris ?

— Oui…

— Et puis ?

Le gros homme ferme les yeux, avance son menton avec accablement.

— Et puis quoi ? grommelle-t-il… Il est rentré chez lui…

— Merci…

J'aligne un faf sur son zinc… Il le rafle d'un

geste preste. Il hésite, il me regarde, me soupèse, prend mes mesures, ma température, ma tension…

— Je ne vous en compte qu'un, décide-t-il enfin… Le deuxième est pour moi…

— Vous faites des folies ! rigolé-je…

Il hausse les épaules avec une certaine grandeur.

— Mais non, mais non, proteste l'homme-montagne d'un air qui dément ses paroles…

*
* *

Voilà que le soleil se met de la fête… Un bath soleil de lundi, tout neuf, jaune comme un poussin.

Je respire à nouveau un bol d'air… Les deux blancs ont purgé mon caberlot des odeurs de gaz… Il fait bon… La vie est potable.

J'approche la guimbarde de Parieux. C'est un os infâme – une vieille Mercedes rebecquetée – mais peinte à neuf, avec des trucs chromés… Le zig devait en avoir soin comme de sa montre !

J'ouvre la lourde… S'il ne l'a pas fermée à clé c'est donc que Parieux comptait bien redescendre… Ou même qu'il comptait s'en resservir… Mais oui ! En sortant du restaurant il aurait conduit la voiture au garage qui est à cent mètres pour s'éviter de redescendre plus tard…

Je regarde la voiture. Elle en sait long, la bougresse, si elle pouvait parler, celle-là !

Mais la voiture ne me dit rien. Le petit lutin aussi ferme sa gueule… Il commence à admettre qu'il y a de l'eau dans le gaz, si j'ose m'exprimer ainsi…

L'intérieur de la tire est en cuir. Tout est propre, soigné… J'inventorie les poches à soufflet, je n'y trouve qu'un échantillonnage complet de cartes routières. Il y a une lampe électrique, un peloton de ficelle, un couteau… Des nèfles, quoi !

Je m'apprête à abandonner le véhicule lorsque mon regard est attiré par un fil électrique qui est dénudé à son extrémité et attaché à la poignée métallique de la porte du côté opposé à celui du conducteur… Ce fil passe derrière le siège et revient sur le plancher en direction du moteur…

Je soulève le capot et je retrouve mon fil au-dessus de la batterie… Il n'est pas relié à elle, du moins il ne l'est plus car, à l'effilochement de son autre extrémité, je me dis qu'il a été arraché.

Je regarde et je trouve des traces de ligature après le fil de sortie…

Je réentortille le fil après… Je reviens à la porte dont je chope la poignée à pleine paluche. Une petite secousse électrique s'irradie dans ma main, grimpe dans mon bras…

Je me tâte, ne comprenant pas la raison de ce branchement insolite…

Et c'est le petit lutin qui, passionné cette fois par l'affaire, me dit que si ce courant est faible, trop faible pour électrocuter un homme normal, il est suffisant, néanmoins, pour flanquer une méchante secousse à un cardiaque !

CHAPITRE VIII

Ne soyez pas trop franc

Un dernier regard à la voiture truquée, un suprême à ce que les journaleux appelleront « l'immeuble » tragique et je tourne le dos à tout ça…

Je me dirige vers la lumière, c'est-à-dire du côté de la vérité, car mon bon vieux nase ne m'avait pas trompé : il existe une vérité à découvrir. Une vraie ! Ce sera duraille mais je ne partirai pas chez les Ricains avant d'avoir donné un coup de projecteur sur toute cette eau trouble…

D'accord, c'est vachement embrouillé, c'est bizarre, c'est tout ce que vous voudrez, pourtant au milieu de tout cela il existe comme une logique : Balmin, le cardiaque est tué – maintenant on peut taper dans le vocabulaire ! – dans la voiture de Parieux, lequel, étant donné la combine de la poignée électrisée, ne pouvait ignorer la chose… Le même Parieux est menacé, il écrit « au secours ! »… Et, en effet, il est buté par un malin qui lui trouve une mort peu banale… du moins quant à sa préparation… La maîtresse de Parieux, complice présumée du premier meurtre, trempe, semble-t-il, dans le second… Elle est la fille du toubib qui soignait Balmin pour son cœur et *qui, par conséquent, savait qu'une légère émotion pouvait tuer ce dernier.*

Vous le voyez, il y a dans tout ça matière à réflexions…

J'arrive à la hauteur du garage. Je franchis la vaste porte et je me trouve nez à nez avec un type superbement barbouillé de cambouis.

— C'est pour de l'essence ? demande-t-il.

— Non, fais-je, c'est pour de la lumière…

Il me regarde comme vous regarderiez le quidam qui voudrait vous vendre un canon atomique pour mettre sur votre cheminée…

— Police ! j'ajoute.

Il s'essuie les pognes après son pantalon bleu et dit :

— Ah ! avec une gravité qui me fait sourire.

— M. Parieux, qui habite dans la rue, garait ici, n'est-ce pas ?

— Oui, lorsqu'il était à Paris…

— Il ne vous a pas demandé de procéder à une petite installation d'un genre particulier dans sa voiture ?

— Non…

— Venez voir…

Je l'entraîne à l'auto et lui désigne le fil insolite…

— Non, assure l'homme, nous n'avons jamais fait ça… Je ne comprends du reste pas son utilité…

— C'est pour une farce, assuré-je… Lorsqu'on chope la poignée de la porte afin de la fermer, on déguste une secousse. Ça n'est pas le summum de l'esprit, j'en conviens, mais ça vaut le poil à gratter et le verre baveur !

— Ouais, admet-il.

Il admettrait n'importe quoi lorsque ce n'importe quoi est dit par un matuche.

— Lui est-il déjà arrivé de laisser sa voiture dehors, la nuit ?

— Non, jamais… Seulement il s'en est servi cette nuit, il n'est rentré que sur le matin et il n'a pas osé me réveiller…

Le gars parle avec une assurance qui me fait sourciller.

— Comment savez-vous qu'il s'est servi de sa guinde cette nuit ?

— Pas malin, elle était là, hier soir, à neuf heures… J'ai pensé en la voyant : « M. Parieux ne va pas tarder… Et puis je n'y ai plus pensé… J'allais au ciné avec ma bonne femme. En rentrant elle n'y était plus… J'ai cru qu'il l'avait rentrée pendant le temps du veilleur de nuit. Mais non… Et ce matin, à l'ouverture, elle était de nouveau dehors, voilà…

Je répète « voilà » en rêvassant…

Donc la voiture truquée a servi cette nuit. Est-ce Parieux qui l'a utilisée ? Ou bien… quelqu'un d'autre ?

— Merci, vous êtes bien aimable… Rentrez cette voiture et ne la touchez plus jusqu'à nouvel ordre, compris ?

— Entendu…

Je lui serre la paluche, histoire de lui montrer

qu'une main de travailleur n'a jamais rebuté un bourdille et je monte dans mon os.

*
* *

— C'est encore moi, docteur…

Il a toujours son visage déteint, ses cheveux en broussaille, ses yeux pointus…

Un air de contrariété polie passe sur sa face blême.

— Bonjour, me dit-il…

Il me fait entrer de nouveau dans son salon triste qui sent l'oubli.

— En quoi puis-je encore vous être utile ? demande-t-il, prenant bien soin de souligner le « encore »…

M'est avis qu'il ne doit pas avoir lerche de clients, le mec. Drôle de toubib en vérité… Un toubib qui ouvre lui-même la lourde à ses clients, qui reste en veste d'intérieur et vit en compagnie d'un clébard peu engageant…

— Dites-moi, docteur…

Je parle doucement, affûtant bien mes mots car ce gnace est un homme énergique…

— Dites-moi, docteur, connaissez-vous un certain Jean Parieux ?

Je m'attends à tout, sauf à une réaction pareille.

— Je vous en prie ! dit-il sèchement…

J'attends la suite en le regardant d'un air incrédule…

— Pourquoi me parlez-vous de cet individu ?

demande-t-il, comprenant que je ne romprai pas le silence qui s'est établi.

— Peut-être parce que c'est le moment de parler de lui… D'après votre réaction je vois que vous le connaissez ?

— Ne jouons pas au plus fin, déclare-t-il sèchement, vous ne devez pas ignorer, si vous vous intéressez à lui, qu'il est l'amant de ma fille.

— Je ne l'ignore pas, fais-je en le regardant dans les yeux. Mais, dites-moi, docteur, pourquoi ne parlerions-nous pas de lui à l'imparfait ?…

— C'est-à-dire ?

— Vous me semblez ignorer, vous, qu'il est mort !

Il est abasourdi, ou alors c'est rudement bien imité. Il s'assied, les flûtes fauchées.

— Mort…

— Comme il n'est pas possible de l'être…

— Quand ?

— Cette nuit…

Soudain le visage du docteur se modifie, il se crispe, se ride, devient presque pathétique.

— Comment ? fait-il.

Je lis la panique dans ses yeux. C'est la panique d'un père redoutant des giries pour son lardon.

— Asphyxié, dis-je : le gaz… Mais les circonstances de cet… accident me semblent – mettons – bizarres.

— Bizarres ?

— Oui. Votre fille n'est pas là ? J'aimerais l'in… lui parler !

— Ma fille n'est plus là, dit-il tristement… Depuis qu'elle fréquente cet individu, nous sommes séparés, elle vit dans la banlieue rouennaise où j'ai une propriété…

Je l'arrête du geste car j'ai besoin de réfléchir… La banlieue rouennaise…

Où ai-je entendu parler de cela, récemment ?

Ah ! oui… Hier, chez Balmin : Parieux… Il prétendait avoir laissé l'antiquaire dans sa voiture pour aller téléphoner à un client demeurant dans les environs de Rouen…

— Le nom du bled ? fais-je.

— Goussenville.

— Il y a longtemps que votre fille fréquentait Parieux ?

— Cinq ou six mois…

— Comment l'a-t-elle connu ?

— Eh bien ! chez Balmin, précisément : au magasin de ce dernier. Ma fille collectionne les monnaies anciennes…

— Ah ! oui…

— Oui… Cela vous étonne ?

Je secoue imperceptiblement les épaules. Je trouve qu'on parle beaucoup de monnaie ancienne dans cette affaire.

— Continuez.

— Balmin étant un client à moi, j'ai dit à ma fille d'aller faire ses achats chez lui. C'est lui qui lui a présenté Parieux… Et… Bref, il l'a séduite !

Je le regarde :

— Vous viviez seul avec votre fille ?

— Ma femme est morte en lui donnant le jour, je l'ai élevée… Je…

Compris : la jalousie paternelle !

— Quel âge a votre fille ?

— Vingt-six ans…

— Elle n'a jamais été fiancée ?

— Plusieurs fois, c'est une enfant fantasque…

— Puis-je vous poser une question… heu… délicate ?

— Allez-y !

— Plus qu'un autre vous devez admettre qu'une jeune femme a besoin de… d'un ami…

— Je l'admets !

Son visage est neutre comme la Suisse.

— Or vous vous brouillez avec cette fille choyée parce qu'elle prend un amant ?…

— Je ne me suis pas brouillé avec elle parce qu'elle a pris un amant, je suppose qu'elle en a eu d'autres, du reste. Mais nous nous sommes fâchés parce que cet amant était Parieux…

— Vraiment ?

— Vraiment !

Il est net !

— Que lui reprochiez-vous ?

— Son casier judiciaire, tout simplement. C'est un sujet sur lequel un honnête homme ne peut pas passer !

— Son casier…

Du coup, je passe pour une crème, moi ! J'arrive ici, le bec enfariné, sans savoir que Parieux avait un casier…

— Lourd ? je demande.

— Trop lourd pour le compter au nombre de mes relations.

— Comment avez-vous su cela ?

— C'est vous, commissaire, qui me posez une pareille question ? Vous ignorez qu'il existe des officines auxquelles on peut faire appel lorsqu'on désire avoir des renseignements sur quelqu'un qui vous intéresse ?

— Très juste, admets-je…

J'ajoute :

— Vous n'aimiez pas beaucoup Parieux, hein ? Vous le détestiez même…

— Mettons carrément que je le haïssais…

— Cette franchise vous honore, docteur…

Et en prononçant ces mots je songe que tous les acteurs de ce drame sont francs… À l'exception toutefois de Jo la Lopette.

Oui, ils sont francs : Parieux était franc, trop franc… Illico il est venu raconter l'histoire de ses relations avec Balmin… Le toubib est franc…

Pour tout vous dire, je commence à nager car je n'arrive pas à me faire une opinion…

— Une dernière question, docteur : vous n'avez pas assassiné Parieux, n'est-ce pas ?

— Non, dit-il… Et croyez bien, commissaire, que je le regrette beaucoup.

CHAPITRE IX

Ne vous mêlez jamais
de ce qui ne vous regarde pas !

J'ai toujours eu un faible pour les postières et toutes les fois que j'ai eu l'occasion d'en composter une je ne m'en suis pas privé…

Seulement, celle à qui je m'adresse en ce moment découragerait un singe… Elle est grande, sèche comme le Sahara et ses seins ne lui ont pas encore été expédiés. Des dents prohéminentes forment une barrière naturelle devant sa bouche qui interdit le patin le mieux intentionné.

C'est elle qui s'occupe du bignou dans le bureau de poste des Chèques postaux…

— Bonjour ma jolie, fais-je avec mon sourire pour beauté intangible…

— Soyez poli ! renaude-t-elle… Qui vous a permis de me parler sur ce ton : nous n'avons pas gardé les vaches ensemble.

— Je ne crois pas que le fait de garder ces braves ruminants prédispose à la gentillesse, assuré-je. Vous avez tord de vous offusquer, gentille madame, mes intentions étaient aussi pures qu'un verre d'eau distillée.

— Quel numéro demandez-vous ? coupe-t-elle.

— Pour moi, ça serait un numéro de *strip-tease*, rigolé-je…

— Voulez-vous que j'appelle M. le receveur ! glapit la donzelle…

— Pas besoin, vous ferez l'affaire…

Comme elle va exploser, je lui montre ma carte. Ça ne la calme pas, au contraire, elle se met dans une fureur noire.

— Et alors ! s'écrie-t-elle. Vous croyez impressionner le monde parce que vous êtes de la police ! Sachez que les honnêtes gens s'en moquent de la police ; moi, j'ai ma conscience pour moi !

— Heureusement, dis-je gentiment, parce que, votre conscience, personne n'en voudrait, même si l'épicier du coin la soldait avec ses salades flétries…

— Vous êtes un mufle !

— Pas de pléonasme ! dis-je. Le terme de policier contient toutes les épithètes secondaires que vous pourriez trouver…

Je crois que je l'ai au finish…

Profitant d'une accalmie, je place mon boniment.

— Trêve de gaudrioles, miss Ébonite, il s'agit d'un meurtre…

Elle soulève sa barrière de porcelaine et dit :

— D'un meurtre ?

— Et même de deux meurtres…

— Non ?

— Si ! Vous pouvez m'être utile…

— Moi ?

— Vous !

Nous tombons dans le dialogue de clown. Enfin, si ça l'adoucit, cette chérie !

— Samedi dernier, dis-je, un peu avant midi, un homme grand, au visage anguleux, vêtu d'un manteau de cuir, est venu vous demander une communication…

Elle réfléchit.

— Un manteau de cuir, murmure-t-elle. Oui, je me souviens, un manteau de cuir…

— Quel numéro vous a-t-il demandé ?

Elle ouvre des yeux stupéfaits.

— Comment voulez-vous que je me rappelle une chose pareille ! Je demande des centaines de communications chaque jour !

Je reconnais qu'en effet il faudrait être Inaudi pour se souvenir d'une pareille chose.

— Voyons, dis-je, vous avez bien des fiches… Une feuille tout au moins sur laquelle vous notez les demandes des clients, et l'heure ?

— C'est exact.

— Où est votre fiche de samedi ?

— Il faut la demander à M. le receveur.

— Ça joue !

Je vais frapper à une petite porte vitrée que la grande asperge me désigne.

— Entrez !

Un gars sympathique m'accueille. Je me présente, je lui fais part de ma requête.

— Facile, dit-il en ouvrant un classeur.

Il me tend une pile de feuilles. Je choisis celles

du samedi et, parmi celles-ci, celle qui comporte les communications entre onze heures et midi.

À tout berzingue, mon regard descend la page. Soudain, je sursaute. Goussenville, 14, 11 h 50.

Goussenville ! Le bled où crèche la fille du docteur… Nature, c'est à sa souris qu'il tubait, Parieux… Je demande au receveur :

— 14, c'est le numéro, n'est-ce pas ?…

— Oui…

— Vos services peuvent-ils me dire le nom du propriétaire du 14 à Goussenville ?

— Oh ! très facilement…

Je lui offre une cigarette tandis qu'une employée s'active. Le temps d'allumer les deux sèches et j'ai la confirmation : le 14 à Goussenville est bien la propriété du docteur Bougeon.

*
* *

Dans l'état actuel des choses – suivant l'expression favorite du boss –, un petit voyage à Goussenville s'impose. Pourtant, j'ai plusieurs petites choses à régler avant de décarrer.

Primo, il faut que je morfile un brin, car j'ai l'estomac dans les chaussettes, et puis je veux m'occuper du rapport du légiste…

Je stoppe devant un restaurant italien et je me fais servir une fourchetée de spaghettis, plus une escalope à la sauge.

La nourriture, c'est le secret de la réussite. Un mec qui sait bâfrer sait vivre, et un homme qui sait vivre enchetibe les autres, ceux qui sont au Vittel et aux carottes vichy.

Ce robuste repas expédié, j'appelle le toubib pour lui demander où en est son autopsie.

— Je viens de la terminer, dit-il. Contrairement à ce que vous supposiez, cet homme n'a absorbé aucun narcotique, il est mort par suffocation… Le gaz… La mort se situe aux environs de dix heures du soir…

— Ça va, merci.

Je raccroche en songeant que ça n'est donc pas Parieux qui a utilisé sa voiture dans la soirée… Qui donc, alors ? La môme Isabelle ?

En voilà une que j'ai de plus en plus envie de connaître…

*
* *

Je téléphone aux sommiers.

— Horland ?

— Oui…

— Comment vas-tu, fesse de rat ?

— C'est vous, commissaire ?

— Et comment ! Veux-tu voir si tu as quelque chose au nom de Parieux dans tes tiroirs ?

— D'ac, vous attendez ?

— Oui, mais bouge-toi la rondelle !

Je me mets à siffloter dans la cabine… Je me dis qu'entre moi et une patate, il n'y a pas plus de différence qu'entre vous et un vieux lavement… Faut être la dernière des cloches pour se cailler le sang avec une affaire qui ne vous concerne pas alors que quelques heures plus tard vous allez foncer sur les U.S.A. à bord d'un Consternation.

Et tout ça pour des haricots ! Je gaspille mon temps et, dans une certaine mesure, mon argent alors que je devrais me trouver dans les brandillons d'une gerce, à lui donner la recette du mimi-mouillé.

— Allô !

Je répète « allô ! » d'un ton surpris car, pris par mes réflexions, j'avais oublié Horland.

— J'écoute ?

— Nous avons quelque chose à Parieux…

— Vas-y, mon chérubin…

— Parieux Jean-Auguste, condamné en 1938 à trois mois de prison pour tentative de chantage…

— Voyez-vous ! Et qui faisait-il chanter, ce rossignol napolitain ?

— Un certain Balmin, antiquaire, boulevard de Courcelles…

Alors là, les gars, rideau ! Y a de quoi se la débiter en tranches et se l'envelopper dans du papier argenté.

Parieux, le grand copain de Balmin, condamné pour tentative de chantage à la suite d'une plainte de celui-ci !

Il faudrait avoir un dôme en duralumin pour qu'il résiste à tous ces coups de surprise… Tentative de chantage !

Et malgré tout, les deux hommes entretenaient depuis plus de quinze ans des relations suivies !

Chantage…

Pour faire chanter quelqu'un, il ne faut pas avoir de scrupules, d'une part… Et, d'autre part, il faut savoir sur ce quelqu'un des choses qui ne doivent pas être divulguées…

C'est la première fois que j'entends dire qu'un plaignant et un condamné sont restés bons amis ; surtout pour un délit de cette sorte !

Heureusement que je téléphone d'un bistrot…

Je n'ai pas à faire beaucoup de chemin pour me remonter.

— Garçon ! Un rhum…

Il annonce un verre pas plus gros qu'une dent de lait.

— Je ne vous ai pas demandé un dé à coudre…

— Vous le voulez dans un verre ballon ? nargue cette machine à verser des liquides.

— Non… Dans une lessiveuse !

Il se renfrogne et me sert une rasade de Négrita.

Je l'avale…

— Un autre ! Je suis contre la solitude…

*
* *

Je fonce sur l'autoroute de l'Ouest en direction de Rouen, capitale de la Normandie.

J'ai dans ma tête cinq personnages en quête de flic qui jouent aux quatre coins…

Dans un coin de mon ciboulot, il y a Balmin, le petit vieux bien propre, bien mystérieux, au cœur malade… Dans un second, son toubib, avec ses cheveux en broussaille et son fidèle boxer. Dans le troisième coin, il y a Parieux, Parieux le pondéré, l'homme maître de soi qui s'asphyxie comme un pauvre tordu de petit rentier… Dans le quatrième je place Jo, la gente lopette en Technicolor…

Et au milieu, un personnage que je ne connais pas encore : Isabelle… Oui, cinq personnages qui paraissent normaux au premier abord, mais qui emboconnent le mystère au deuxième rabord…

DEUXIÈME PARTIE

CHAPITRE X

Ne faites jamais de feu au milieu de la nuit

En considérant la crèche de campagne du docteur Bougeon, je me dis deux choses : la première qu'elle est rupinos, la seconde qu'elle est vide. Tout est rigoureusement bouclé : les lourdes, les volets, les vasistas…

La propriété est nettement en retrait de la route. Elle se situe au milieu d'un vaste jardin qu'un type prétentiard baptiserait parc sans que vous songiez à vous indigner.

J'interpelle un petit garçon qui essaie de faire du vélo sur celui de son père en passant sa jambe droite au travers du cadre.

— Dis-moi, gamin, il n'y a personne ici ?

— Non, m'sieur, dit-il. La demoiselle est partie hier matin.

— En auto ?

— Oui, en auto…

— Dans la sienne ?

— Elle n'en a pas, Mlle Bougeon… Elle était avec un ami…

— Un ami portant un manteau de cuir ?

— Oui, c'est ça…

— Ça va…

Il me regarde avec intérêt, comme un train regarderait paître une vache.

— Le Pé a dit à la Mé qu'y sont revenus cette nuit, dit-il. Il a entendu l'auto. Y sont repartis du matin, avant le jour.

Je dresse une oreille plus vaste que celle de Mickey.

— Qu'est-ce que tu dis ?

— Y sont revenus et repartis, assure le gosse.

Mon petit lutin portatif me nasille dans les oreilles.

« Te voilà content ? L'auto de Parieux a fait une balade cette nuit… pendant qu'il clamsait dans son lit… »

— Ton père n'a rien vu ?

— Non, mais il a entendu…

— Ça n'est peut-être pas la même auto ?

— Que si : c'est une voiture boche, a fait pas le même bruit que les autres…

« Prends du feu, San-Antonio ! » me conseille ce salaud de lutin.

J'allonge une demi-jambe au gosse.

— Tu es un champion, lui dis-je, cours acheter des bonbons et offre-toi une indigestion…

Ce faisant, je cherche à lui être agréable, c'est vrai, mais aussi à l'éloigner, car ce que j'ai à faire n'a pas besoin de témoin.

Dès que le vieux vélo a tourné le coin de la haie en zigzaguant, je m'occupe de la serrure du portail. L'actionner est un jeu d'enfant.

Je repousse le ventail et je remonte le chemin dallé qui conduit à la cambuse.

Le perron est majestueux, un peu trop même à mon goût, il offre l'inconvénient de m'exposer aux regards comme un piédestal.

Cette porte-ci est plus récalcitrante que l'autre. Je dois fourrager un bout de temps dans le trou de la serrure avant de la convaincre que je suis le genre de mec à qui ni les femmes ni les lourdes ne résistent.

J'entre… Maison vide.

C'est agréablement arrangé, avec beaucoup de goût…

Je visite toutes les pièces, sans idée préconçue, tout bonnement parce que je ne veux pas avoir avalé des kilomètres pour rien. L'ordre semble être la vertu dominante d'Isabelle. Les meubles sont à leur place, les tapis ont leurs franges bien étalées, il n'y a pas de poussière sur les surfaces planes…

La gentille ménagère que chacun aimerait épouser, à condition toutefois que ce chacun ait des goûts bourgeois.

Dans le Frigidaire de la cuisine je trouve une bouteille de lait non entamée ; un restant de viande froide, des œufs…

Cela indiquerait un départ non prémédité.

Peut-être est-ce ce coup de téléphone de Parieux, samedi, qui a rappelé la môme à Pantruche… Il lui a annoncé qu'il venait la chercher le lendemain pour…

Je balance cinq lettres qui auraient fait la fortune

de Cambronne si elles percevaient des droits d'auteur.

La môme Isabelle possède-t-elle le don d'ubiquité ? Si non, comment pouvait-elle séjourner ici et simultanément à Paris ?

La voisine de Parieux, sa concierge, le restaurateur d'en face n'affirment-ils pas qu'elle venait chaque jour chez son amant ? Il faudrait donc conclure… Et puis, non, il ne faut rien conclure… Ce serait vraiment prématuré…

Je monte au premier ; rayon des chambres. Je trouve celle de la grognasse. Pas marle : il y a une coiffeuse chargée d'objets de toilette et une penderie pleine de robes.

Sur la coiffeuse je repère un paquet de cigarettes turques. À côté, il y a un briquet en plaqué or portant un G en initiale.

G n'ayant jamais été la première lettre d'Isabelle, ni celle de Bougeon, ni celle d'Étienne (prénom du docteur), je me dis qu'il appartient à une troisième personne et je l'empoche.

Par la même occasion, j'empoche itou le paquet de cigarettes turques. J'en suis là de mes investigations lorsqu'on cogne à la porte. Je vais à la fenêtre et je découvre sur le perron un grand type de péquenot à la moustache rousse, coiffé d'une casquette et armé d'un fusil de chasse.

— Que voulez-vous ? demandé-je.

Il lève la tête. Il n'a pas l'air commode, le zig. Ses yeux sont farouches et ses lèvres plutôt mauvaises.

— Qui êtes-vous ? me demande-t-il rudement.

— Quelqu'un de bien, assuré-je.

Il n'a pas l'air de vouloir plaisanter.

— Comment êtes-vous rentré ici ?

— Par la porte, on n'a encore rien trouvé de plus simple pour pénétrer dans une maison, ces architectes n'ont pas d'imagination…

— Faudrait voir à pas me prendre pour un con ! déclare-t-il, toute moustache hérissée.

— Qui vous dit que je vous prends pour un con, cher monsieur ?…

— Je ne vous ai jamais vu !

— Moi non plus…

— Vous ne seriez-t-y pas un voleur ?

— Vous avez vu des voleurs rappliquer en plein jour et laisser leur voiture au milieu du chemin ?

— Il y en a dans les journaux, s'obstine-t-il.

— Attendez, je descends.

Il est dans le vestibule, le fusil tout prêt.

Je lui montre ma carte, car cet enfoiré est tout à fait capable de me flinguer comme un garenne.

Il la déchiffre péniblement.

— Vous êtes de la police ? demande-t-il.

— C'est écrit là-dessus, non ?

À son expression, je réalise que, tout compte fait, il aimerait autant avoir affaire à un voleur.

— Mande pardon, balbutie-t-il en passant son fusil sur l'épaule. Quand le gamin m'a dit qu'un homme avec une drôle d'allure…

Il se tait, réalisant qu'il est en train de déconner.

— Bref, je m'ai dit comme ça qu'il fallait aviser… On voit tant de choses dans les journaux…

— Ah ! fais-je, intéressé au plus haut point, c'est vous qui avez entendu la voiture, cette nuit ?

Il se renfrogne.

— Le petit gars vous a dit ?

— Je comprends que le « petit » gars va dérouiller ferme tout à l'heure.

— Oui…

— Vers quelle heure avez-vous entendu la voiture ?

— Sur les minuit, la lune était juste au-dessus du clocher…

— Vous ne vous êtes pas levé ?

— Pour quoi faire ?

C'est la logique même.

— Je ne sais pas ; vous auriez pu avoir envie de vérifier si c'était bien les propriétaires.

— Oh ! c'était la demoiselle, j'ai reconnu le bruit de l'auto.

— Une vieille voiture allemande, je sais… Et elle est repartie sur le matin…

— Juste avant le jour. Je m'ai dit que le docteur allait vendre et que sa fille est venue brûler un tas de vieux papiers…

— Comment, un tas de vieux papiers ?

— Elle a fait du feu… De mon lit, par la fenêtre, j'ai la vue sur les toits… Çui d'ici fumait comme une usine…

— Ah ! oui ?

Il regrette d'avoir débloqué et se mord les lèvres.

— Vous ne dormez donc pas la nuit ? je demande.

— Je vais vous expliquer… Une de mes vaches va vêler, alors j'ai le sommeil léger… C't'auto m'a réveillé, après, bernique pour me rendormir…

Toute l'obstination de la terre est là, sous mes yeux.

— Alors la demoiselle est revenue et a fait du feu ?…

— Oui…

— Dites-moi, il y a longtemps qu'elle s'était installée ici ?

— Quelques mois…

— Elle habitait seule ?

— Au début, oui… Son ami venait la voir souvent.

— Parieux ?

— Je sais pas si il s'appelait comme ça… La demoiselle est assez fière et cause pas beaucoup.

— Que faisait-elle ici ?

— Rien, elle se promenait… Elle l'attendait…

— Et puis ?

Il en a marre, le moustachu, il voudrait bien s'être mêlé de ses vaches.

— Et puis, la semaine passée, un jeune homme est venu habiter ici… Il avait un drôle de genre, on a cru que c'était fini, la demoiselle et son ami à la voiture, mais pas du tout, ils étaient d'accord tous les trois…

Un jeune homme ayant un drôle de genre !

— Il était blond, le jeune homme, et il se fardait, non ?

— C'est ça, vous le connaissez ?

— Plus ou moins…

Jo, pensé-je. Je pense au briquet d'or qui est dans ma poche. Le G est la première lettre de Georges, dont le diminutif le plus usité est Jo…

Qu'est-ce que la tantouse est venue foutre ici ? Décidément, on n'en sort pas de cette partie de quatre coins… J'ai beau avancer, me déplacer, c'est toujours sur l'un des cinq personnages que je me casse le pif !

— Et le docteur, dis-je, venait-il ?

Le moustachu secoue la tête.

— Non, plus depuis longtemps…

— Vous n'avez pas vu aussi un petit vieux à cheveux blancs, ces derniers temps ?

— Non…

Un silence, l'autre danse d'une tige sur l'autre, il aimcrait bien se faire la paire… Mais il n'ose pas… Il ne parvient pas à trouver une formule idéale pour prendre congé.

Moi, je ne lui facilite pas la rupture… Je pense de toutes mes forces à ce qu'il vient de me dire. De toute façon, mon enquête a progressé : je suis maintenant en mesure d'affirmer que c'est certainement Isabelle qui a chauffé la bagnole cette nuit et qui est revenue ici pour y brûler des papiers compromettants… De là à conclure qu'elle a agi de la sorte parce qu'elle savait que Parieux était mort, parce qu'elle l'avait aidé à avaler son extrait de naissance, il n'y a qu'un pas…

— Ça fumait beaucoup ? dis-je.

— Beaucoup, affirme le terreux.

— Et… longtemps ?

— Très longtemps… Même que je m'ai dit qu'elle allait foutre le feu à la cheminée…

— Vous vous appelez ?

Là, il se liquéfie, le mec.

— J'ai rien fait de mal, proteste-t-il doucement.

— Au contraire, affirmé-je, vous avez agi en bon citoyen et je tiens à connaître votre nom afin de pouvoir signaler cela…

À regret, il dit :

— Blanchon…

Je lui tends la main. Il la fixe d'un œil prudent comme s'il craignait que j'y dissimule un serpent-minute. Enfin il laisse tomber sa dextre dans la mienne.

Lorsqu'il a franchi la grille, je reviens à la maison.

Je bigle le système de chauffage afin de voir comment la môme Isabelle a pu brûler ses fameux papelards.

La carrée est chauffée au chauffage central, mais il y a des cheminées dans les chambres. Je vais les examiner. Pas besoin de s'esquinter les châsses pour comprendre qu'elles n'ont pas fonctionné depuis des temps immémoriaux.

Reste donc la chaudière. Ça me paraît bien costaud pour détruire des papezingues. Enfin…

Je descends à la cave. Au fur et à mesure que je m'enfonce dans le sous-sol, je suis serré à la gargane par une odeur lourde et écœurante.

La chaudière trône au milieu d'un petit local cimenté. Je remarque, de chaque côté de la porte, des traces graisseuses. Ou dirait qu'on a fait brûler du suif là-dedans… Du reste, l'odeur qui m'incommode est une odeur de graisse brûlée.

J'ouvre la porte du foyer. Un tas de cendres tièdes. Je les fouille avec un long tisonnier. Elles puent atrocement.

Alors, surmontant ma répulsion, je me saisis d'une raclette et je les fais tomber sur le sol. Au bout d'une minute je recule, je gagne le fond de la pièce, j'appuie une main contre le mur riche en salpêtre et je me mets à dégueuler comme un brave homme.

Enfin, je reviens aux cendres, j'étale mon mouchoir par terre et, saisissant le morceau de mâchoire qui m'a noué les tripes, je le dépose dans le carré d'étoffe.

Je roule le tout en boule, je le ploie dans une page de journal. Mon petit paquet sous le bras, je quitte cette charmante propriété. Cette fois, on en a terminé avec les morts soi-disant naturelles !

Il est rare, en effet, qu'un homme – ou une femme – se suicide en s'installant dans le foyer d'une chaudière de chauffage central.

Auquel de mes cinq personnages appartient le bout de mâchoire que je véhicule dans ma fouille ?

Voyons, procédons par élimination : il n'est pas question de Balmin, lequel gît à la morgue, non plus que de Parieux que j'ai vu ce matin, non plus que du toubib auquel j'ai fait la conversation il y a quelques heures. Alors ? Jo ? Isabelle ?

Quelle affaire ! Tonnerre de Zeus ! Quelle affaire !

CHAPITRE XI

Ne vous montez jamais « la tête »

Je n'ai toujours pas vu la douce Isabelle... J'ignore où elle se trouve et je vois le coup que je vais me tailler à Chicago sans avoir fait sa connaissance, si toutefois sa connaissance est à faire et si ça n'est pas un morceau d'elle que j'ai en poche.

Mon premier soin, en débarquant à Paname, c'est de me précipiter au 120 du boulevard de Courcelles afin de voir Jo. Si Jo est visible, il y a de fortes chances pour que ma douce Isabelle ait passé l'arme à gauche.

La concierge-pachyderme est devant sa loge, appuyée sur un balai qui ne lui a jamais servi que de support.

Elle me regarde entrer avec un air bovin qui m'attendrit.

— Alors, maman, je lui dis, on est d'attaque à ce que je vois ?

— Humf ! fait-elle.

Traduisez ça comme vous voudrez.

— Jo est-il là-haut ?

— Oui...

J'ai un petit pincement au palpitant. Donc je ne connaîtrai jamais Isabelle.

— Dites-moi, je parie qu'il a découché, cette nuit, hein ?

La grosse vache secoue la calbombe.

— Pas vrai, fait-elle. Sort plus… C'est moi que j'lui fais ses c'missions…

— Vous êtes bien certaine qu'il n'est pas sorti dans la nuit ?

— Certaine… J'dors rien… P'r'sonne a ouvert la porte…

Je fais la grimace.

Voilà que je suis obligé d'agrandir le cercle de famille. Si Jo n'est pas sorti, qui a brûlé Isabelle ? Son vieux ?…

Faudra voir à vérifier l'emploi du temps du toubib.

— C'est bon, dis-je, je monte dire bonjour à cette nave…

— Hé ! éructe la pipelette.

Je me retourne.

— J'ai l'courrier…

— Ah ! oui, j'avais oublié…

Elle pénètre dans sa tanière et ressort avec une enveloppe jaune et une carte postale.

L'enveloppe jaune est celle des Postaux… Je l'ouvre. Elle contient le second talon d'un chèque de un million cent dix mille francs établi au nom du possesseur du compte, c'est-à-dire de Ludovic Balmin. Et une fiche jointe donne la nouvelle position du compte, celle-ci est de cent vingt francs.

Voilà qui est étrange. Cela ressemble moins à une note payée, qu'à un retrait total des espèces en compte… Jusqu'ici il était question d'un chèque d'une brique, et non d'un million cent dix !

La carte postale montre l'église de Goussenville. Au verso quelques lignes disent :

« *Le temps me dure affreusement. Fais vite. Ton Jo.* »

Elle est postée du vendredi.

Donc, le vendredi, Jo était encore dans la propriété du doc…

La grosse pochetée a dû lire la cartouse, car elle ne sourcille pas.

— Jo était en voyage, la semaine passée ? je demande.

— Il est resté une quinzaine parti.

— Quand est-il rentré ?

— Sam'di a'pr'midi…

« Une fois Balmin mort », songé-je.

J'enfouis le courrier du défunt dans ma fouille et je m'engage dans l'escadrin.

Le temps lui durait, au pauvre chéri ! En voilà un qui s'entend à jouer de la clarinette… Et même du figre à moustache !

Pourquoi ce « fais vite » ? Comme si le retour du gars était subordonné à une décision ou à un acte de Balmin ?…

La carte a été postée le vendredi. Logiquement elle devait parvenir à destination samedi matin, c'est-à-dire avant que Balmin ne retire tout son fric des Postaux… Seul, un retard des P.T.T…

Me voici devant la lourde.

Coup de sonnette sur un petit air convenu.

Jo, la gosse d'amour, vient ouvrir, la croupe onduleuse. Elle s'est fardée, la chérie ! Elle n'a pas pu résister… Sa peau est fraîche… Elle porte son éternel pantalon violet, son foulard jaune…

— Oh ! bonjour, cher monsieur le commissaire. Quel bon vent ?

Je lui donne une petite tape sur la joue.

— Je passais, dis-je platement, alors je n'ai pu résister à venir vous voir, mon petit bonhomme.

— C'est gentil, entrez.

Je pénètre dans la strass.

Cette fois, je choisis la bergère du salon dont les pieds m'inspirent davantage confiance.

— Jo, attaquai-je, vous connaissez Isabelle Bougeon ?

Un battement de cils, un quart de poil d'hésitation.

— Bien sûr, répond le pédé avec vivacité, j'ai même passé quelques jours chez elle, récemment.

— À Goussenville ?

Il tique.

— Vous savez ?

— Tout savoir, n'est-ce pas là le devoir d'un flic ?

J'enchaîne :

— Comment se fait-il que vous soyez allé chez elle, c'est une amie ?

— C'est l'amie de Parieux… Ils venaient souvent nous voir… Dernièrement j'ai fait un peu de bronchite… Pour me remettre, je suis allé à la campagne…

— Ah ! voilà…

Je cherche mes cigarettes. Mes doigts tombent sur le paquet de turques. J'en propose à la nave.

— Non, merci, dit-elle, je ne fume pas.

Sans insister, je remets le paquet en place et je pêche une sèche à moi, je l'allume au moyen du briquet plaqué or sans que le zig sursaute le moins du monde. Je pose le briquet bien en vue sur l'accoudoir de la bergère, Jo le contemple d'un œil distrait.

— Vous vous êtes bien amusé, là-bas ?

— Amusé ? Non… J'ai horreur de la campagne.

— La compagnie d'Isabelle vous suffisait ?

Il hausse les épaules.

— Qu'allez-vous imaginer, commissaire… Je suis sérieux, et puis les femmes, moi…

Je me marre.

— Évidemment…

Je me lève et j'arpente le salon, comptant machinalement les losanges du tapis persan.

— Dites-moi, Jo… Vous savez que Parieux est mort ?

Il se dresse, tout pâlot.

— Vous dites ?

— Que Parieux est mort… Il s'est asphyxié au gaz… Ou on l'a asphyxié, enfin le résultat est le même.

— Pas possible !

Il paraît aussi surpris que, ce matin, le docteur Bougeon.

— Mais si, hélas !… C'est moi qui l'ai découvert en allant lui demander certaines explications.

— Mort ! répète Jo.

— Oui. Tu n'es pas sorti d'ici, cette nuit ?

— Moi ? Non, depuis mon retour de Goussenville, samedi, je n'ai pas mis le nez dehors.

— Malade ?

— Patraque... Maussade... La campagne m'a détraqué...

— Pauvre amour !

« Sais-tu où se trouve Isabelle ?

— Mais... Elle doit être chez Parieux, s'il est mort... À moins qu'elle ne sache rien... Il faudrait la prévenir, à Goussenville !

— Elle ne s'y trouve pas.

— Vous croyez ?

— J'en viens...

Il me regarde.

— Vous en venez ?

— Tout droit ! Ce qui est une façon de parler, car les virages sont nombreux.

— Elle est peut-être chez son père ?

— Non plus : ils sont brouillés.

— Oui, je sais... Mais je pensais que...

— Que Parieux étant canné, la réconciliation est possible ?

— Oui.

— Tu es au courant de cette histoire de chantage qui opposa Parieux à ton vieux, avant la guerre ?

— Vaguement...

— De quoi s'agissait-il ?

— Des bêtises, je crois...

— On ne condamne pas un homme à trois mois

de prison pour des bêtises… À moins qu'elles ne soient sérieuses, ces bêtises, tu piges ?

— Balmin m'avait parlé de ça… C'est au sujet de ses mœurs… Parieux voulait qu'il lui cède un tableau de maître ou une pièce rare… Balmin ne voulait pas… L'autre l'a menacé de le discréditer auprès d'une riche cliente un peu cinglée ; une Américaine… Et il l'a fait… C'est l'Américaine qui a porté plainte… Bref, c'était très embrouillé et Balmin en a été le premier ennuyé… Ils se sont réconciliés peu après et c'est à partir de là qu'ils sont devenus amis…

Je ricane.

— Comment naissent les grandes amours, pour dire !

Un silence gênant s'établit entre nous.

— J'ai dans l'idée que nous avons des tas de trucs à nous dire, annoncé-je enfin. Un de ces quatre matins je te convoquerai à la police…

Je me dirige vers la porte.

— Commissaire, dit l'autre de sa petite voix de femelle, vous oubliez votre briquet.

Je le regarde. Il paraît très sincère. Conclusion : le briquet n'est pas à lui. Ce qui n'a rien d'étonnant puisqu'il ne fume pas.

J'empoche l'objet.

— À bientôt, Jo !

— À bientôt, monsieur le commissaire.

Je renchéris, histoire d'avoir le dernier mot :

— À très bientôt !

Après avoir quitté l'immeuble, je me dirige du côté des Ternes. J'entre dans un troquet, je commande un double Cinzano, plus deux jetons de téléphone. J'avale le glass et je cours introduire les jetons dans la fente de l'appareil à jactage.

J'appelle tout d'abord l'inspecteur Chardon.

— Salut, commissaire, me dit-il.

Pour une fois, il n'a pas la bouche pleine.

— Écoute, zigoto, lui dis-je, je t'annonce que ton affaire Balmin que tu crois si simple va rebondir comme une balle en caoutchouc-mousse…

— Pas possible ?

— Si… C'est tout de même malheureux que je sois obligé de faire ton boulot… Faut vraiment que je n'ai rien de mieux à fiche…

— Qu'est-ce qui se passe ?

— Commence par t'occuper de la petite frappe qui vivait avec le défunt. Fais-le surveiller… Pour le reste, attends de mes nouvelles…

— Bien, commissaire…

J'appelle ensuite mon légiste, le docteur André.

— San-Antonio ! annoncé-je.

— Ah ! bonjour, mon bon, vous avez une nouvelle théorie quant au décès de notre homme ?

— Non, mais j'ai un autre mort à vous soumettre…

— Non ?

— Enfin, un morceau de mort…

— Et vous l'avez trouvé où, celui-là ?

— Dans des cendres !

— Vous faites les poubelles, à ces heures ?

— Presque ; je peux vous rendre visite ?

— Je vous attends…

*
* *

Je déplie ma feuille de journal sur le bureau du praticien.

— Voilà, dis-je, un morceau de mâchoire. Je voudrais savoir s'il s'agit d'une mâchoire d'homme ou bien d'une mâchoire de femme, c'est très important... Pouvez-vous me renseigner immédiatement ?

— Sans aucun doute...

Il saisit le fragment d'os auquel adhèrent encore deux dents.

— Vous avez une minute ? Le temps de passer dans mon laboratoire et je suis à vous...

— Mais faites donc, je vous en prie... Et pardonnez-moi de vous harceler de cette façon, mais je m'envole après-demain pour les États-Unis et je tiens à liquider cette enquête afin de partir l'âme en paix.

— Tout le mérite vous revient !

Il sort du bureau.

Je chope une revue, mais je ne peux la lire ; du reste, c'est une revue scientifique dans laquelle on n'appelle pas un chat un chat !

Je me fais l'effet d'être un « heureux père » attendant dans les couloirs de la clinique les résultats de l'accouchement.

Enfin, la porte s'ouvre.

Je bondis. Tout à mon personnage, je questionne d'une voix pleurarde :

— Alors, docteur, c'est un garçon ou une fille ?

Il sourit gentiment.

— Ni l'un ni l'autre, assure-t-il : c'est un mouton !

CHAPITRE XII

Ne criez jamais en téléphonant !

Une nuit douce comme une cuisse de femme tombe sur Paris. Cette nuit sent le bourgeon, le mouillé, la femme.

Délaissant ma voiture, j'arpente les boulevards en marmonnant des phrases sans suite.

Cette fois, les potes, je suis sérieusement sonné. Une tête de mouton !

Et pour moi, ce sera une tête de lard, si vous le permettez ! Le toubib s'est excusé de ne m'avoir pas affranchi illico.

— Comme elle était noircie et à demi carbonisée, a-t-il dit, j'ai préféré l'examiner attentivement.

— Vous êtes bien certain, docteur, de ce que vous avancez ?

Il a eu un mouvement d'épaules.

— Parbleu ! Demandez à n'importe qui…

Et je m'en vais, ballotté par la foule, en répétant :

— Une tête de mouton… Une tête de mouton !

Décidément, je mets les pouces. Voilà que tout redevient naturel. Non, ça n'est pas un crime ! C'est un mouton ! Aucune loi interdit de tuer les moutons, à condition qu'ils vous appartiennent.

Mais tonnerre de Dieu ! Pourquoi Isabelle

est-elle allée en pleine nuit, à plus de cent bornes de Paris, pour brûler un mouton ?

Sont-ce des idées ! Elle est pinchecornée, cette poule ou quoi ? Et puis, d'abord, je veux la voir ! La voir tout de suite ! Faut qu'on me la déniche. Qu'on me la déniche rapidos.

Je tube à nouveau à Chardon.

— Tu as installé une planque devant le 120 ?

— Oui, monsieur le commissaire. À ce propos, mon patron aimerait bien que vous lui téléphoniez ; il trouve que…

— Je sais : le boss à Chardon il trouve que je flouze dans la colle ! Il trouve que les hommes de son service n'ont pas d'ordres à recevoir d'un zig qui appartient à une toute autre branche de la police… Passe-le-moi !

Il est soulagé, Chardon.

— Voilà, monsieur le commissaire.

Une zone de silence et une voix rogue lâche un « allô » qui ressemble à un pet.

— C'est Muller ? je demande.

— Lui-même…

— Ici, San-Antonio…

— Très bien…

Cette pourriture ne l'ouvre pas. Il est vicieux, Muller, il a le beau rôle et il m'attend. Il jouit à l'avance des excuses que je vais lui présenter ; ça le fait goder, il devient humide.

Tout seul, dans ma petite cabine, je me monte le bourrichon.

À toute vapeur, je gonfle, je gonfle…

— Alors ? dit sèchement Muller.

C'en est trop. J'explose ! Je hurle, je trépigne. La bombe d'Hiroshima, le champignon atomique de Bikini, tout ça c'est de la vessie pétomane à côté de ma colère.

— Écoute, Muller, je dégoise, t'attends que je me transforme en paillasson, que je te sorte la romance des excuses parce que je me suis mêlé d'une chose qui ne me regardait pas, c'est bien ça, hein ? Eh ben ! non, petit gars, tu peux toujours t'abonner au *Chasseur Français* pour te faire prendre patience ! Tes hommes sont des manches, des flics d'opérette, et toi, le seigneur, tu ressembles à ce qui se fait de mieux comme cornichon…

— Suffit ! crie-t-il.

— Non, ça suffit pas, hé ! tordu… Faut que je fasse mon petit Sherlock tout seulâtre, parce que tes boy-scouts classent les affaires qui viennent perturber leurs parties de belotes. Râle pas ou on va s'expliquer chez le Vieux !

Là, il met un frein Westinghouse à ses protestations.

— Voyons, voyons, que se passe-t-il ?

— Il se passe que le mort que j'ai trouvé est claqué d'une façon louche ; que le gars qui l'accompagnait est claqué d'une façon plus louche encore ! Il se passe que la poule du deuxième est la fille du médecin du premier ; qu'elle est invisible et qu'elle va à minuit brûler des têtes de moutons dans la chaudière de sa campagne. Si tu trouves tout ça très bien, bravo !…

Il se ferait cueillir par Robert Cohen en pleine bourre qu'il ne serait pas plus groggy.

— Qu'est-ce… qu'est-ce que tu dis ? balbutie-t-il.

— La vérité, hé ! patate.

— Je n'y comprends rien…

— Et alors ? Tu ne t'occupes que de ce que tu comprends ?

— Mais…

— La ferme ! Je cause !

Il doit être mauvais, Muller. Un zig, si vous le connaissiez, qui ressemble à une lame de couteau, il est tranchant, froid et pâle comme une lame.

— Tout ce que je te demande de faire, dis-je, c'est de lancer tous tes pompiers à la recherche d'une certaine Isabelle Bougeon, fille du docteur Bougeon, place des Ternes… Et puis itou de faire surveiller étroitement un petit futé répondant au doux nom de Georges Denis, lequel créchait avec le vieux Balmin et lui faisait des fantaisies exotiques… Moi, je continue à m'occuper de ça jusqu'à demain soir… Demain, en fin d'après-midi, je te dirai où j'en suis et je te passerai mes billes, car le vieux m'envoie au tapin de l'autre côté de la mare aux harengs, d'accord ?

Il grince :

— D'accord.

Et quand je vous dis qu'il le grince, il le grince. Parole ! On croirait une girouette un soir de grand vent.

J'ai dû pousser une vache beuglante, moi je vous le dis, car lorsque je quitte le bigophone, tous les clients me reluquent comme si j'étais le sultan du Maroc (pas le nouveau, l'autre, celui qui ne sortait jamais sans son cheptel).

Pour me donner une contenance, je demande au barman de me remettre ça. Puis je palpe ma vague, à la recherche de la cigarette des familles qui calmera ma nervosité.

Il ne me reste que les sèches trouvées dans la turne de Goussenville. Comme je n'aime pas les cigarettes de gonzesse, je demande au garçon un paquet de gauloises. Il s'excuse : il ne lui en reste plus.

Je soupire et me décide à enflammer une turque.

Tout en tirant des goulées qui manquent de volupté, je gamberge un peu. Si jc pense, c'est donc que je suis, comme dirait l'autre. Or, il se produit un phénomène peu ordinaire, ce qui constitue, je vous le fais remarquer, un pléonasme de la première catégorie, un phénomène ne pouvant être ordinaire.

Voilà que, soudain, bien que pensant, je n'ai plus l'impression d'être. Mon individu devient léger, aérien. Je me mets à flotter à dix centimètres du sol. Mes pensées s'illuminent, flamboient.

L'enquête à laquelle je me livre me semble n'être qu'une aimable plaisanterie sans importance dont les fils emmêlés se dénoueront d'eux-mêmes !

En même temps, un mal de cœur sournois me chatouille les entrailles. Je m'accoude au zinc, tout cela avec des mouvements supra-terrestres.

J'entends des voix qui disent :

— Mais il se trouve mal.

Les voix s'irradient. Elles se muent en sonneries de cloches cristallines. Et j'ai encore la force de faire de l'esprit.

Je songe :

« Dans la vie, on est entouré de cloches… »

Je titube.

Je resonge :

« Il t'arrive quelque chose. Il te faut un toubib… »

Un visage se penche au-dessus de moi ; des paluches m'agrippent, on m'étend sur du mou.

Et toujours, sans s'affoler, mon caberlot continue à me donner d'utiles conseils :

« Tu vas crever si on ne fait rien… Un toubib… Le légiste ! »

Oui, la mort, quand le bon Dieu est bien luné, ça doit être ça : cette espèce de torpeur ouatée, ce grand flamboiement intérieur, cette intense facilité, ce total renoncement…

— Il parle ! fait une voix.

— Taisez-vous ! dit une autre, qu'est-ce qu'il dit ?…

Une troisième voix, pâle et molle, murmure :

— Docteur André, police…

Cette troisième voix, c'est la mienne. Mais je ne la reconnais que de justesse et il me semble n'avoir rien de commun avec elle. Du reste, je n'ai plus rien de commun avec personne, plus rien de commun avec l'existence.

— Il vient de dire, docteur André, police !

— Ma foi, il n'y a qu'à prévenir Police Secours. On leur répétera ses paroles.

— Vous ne croyez pas qu'il est saoul ?

— Non, il était très normal en entrant et ici il n'a presque rien bu.

C'est vrai, j'étais normal en entrant.

— C'est une attaque ?

— Sans doute…

Une attaque ! Une attaque de quoi ? C'est ça, une attaque ?

Toujours cette paix bienheureuse conjuguée à ce mal de cœur tenace.

Du temps s'écoule. Du temps creux, du temps sans importance. Je sombre…

Je coule… Mais quel magnifique naufrage !

Je perds les pédales… Je…

Terminé !

***

Une musique, un ronron, du rose : la vie !

Je rouvre les châsses.

Je vois des uniformes de matuches dont les boutons brillent. Je regarde encore et je découvre une banquette ravagée. Je suis au car. Pas d'erreur sur ce point ! L'endroit sent le flic, la sueur, la poussière, le tabac.

J'essaie de me dresser sur mon séant. Des gars m'aident.

— Ça va mieux, monsieur le commissaire ? dit un sergent.

Je le regarde.

— Mieux ?

Tu parles, Charles ! Ça allait tellement bien que c'est maintenant que je me sens mal. Du sortilège, il ne subsiste que le mal de cœur, aggravé d'un mal de gadin carabiné.

Les bourdilles me considèrent d'un air tout chose. Pour eux, c'est bien simple, je me suis poivré la gueule. Un commissaire spécial, rond à tomber, ils n'ont pas voulu l'emmener à l'hosto, because le scandale. On a le sens de l'entraide chez les vaches à roulettes !

— Je vous ai reconnu, heureusement, reprend le sergent.

Son « heureusement » me prouve que je ne me goure pas et qu'il croit fermement en ma biture.

— Merci, dis-je. Je ne sais pas ce qui m'est arrivé.

Les mecs se regardent gravement. Ils ont suffisamment le sens de la hiérarchie pour ne pas me dire ce qu'ils pensent.

La porte s'ouvre, le Dr André entre dans le car.

Il s'approche rapidement de moi.

— Ah ! on vous a prévenu, je murmure.

Il m'examine,

— Vous êtes tout pâle, que vous est-il arrivé ?

— Il était dans un café, il a pris un malaise, explique le sergot sur un ton qui en dit long.

— C'est ça, approuvé-je, mais je n'étais pas blindé, doc… Si je vous le dis, vous pouvez me croire ; du reste, je venais de vous quitter, vous avez pu vous en rendre compte. Je suis entré dans un café, j'ai bu un Cinzano et j'ai téléphoné à un de mes collègues… En revenant de la cabine, j'ai allumé une cigarette et…

Je m'interromps.

— Bon Dieu ! toubib, regardez le paquet qui est dans ma poche… Ce sont des cigarettes que j'ai trouvées dans une maison peu catholique, des turques ! J'en ai grillé une parce qu'il ne m'en restait pas d'autres…

Le temps que je finisse ma phrase et il s'est emparé du paquet. Il sort une cigarette, il l'éventre, pose le tabac dans le creux de sa main gauche, le touille avec son index droit, le renifle.

— Pas étonnant, murmure-t-il.

Toute l'assistance est suspendue à ses lèvres.

— C'est de la marijuana, dit-il. Un stupéfiant d'origine mexicaine. La quantité est énorme, ces cigarettes sont des cigarettes de drogué qui en est aux fortes doses.

— Pas possible ?

— Si…

— Enfin, un vrai délit, dis-je. Ça, au moins, c'est du solide, pas du tout comme la tête de mouton… Que faut-il faire, doc ?

— Rien, dit-il. L'effet commence à se dissiper ; je vais vous faire une piqûre afin de calmer les spasmes nerveux que cette cigarette vous cause.

Il fait ce qu'il dit. Les bourdilles, satisfaits par cette explication, me restituent toute leur considération, agrémentée d'un brin d'admiration.

Cinq minutes plus tard, me revoilà sur mes flûtes, un peu flageolant, il est vrai.

— Maintenant, dit le Dr André, vous allez rentrer chez vous et vous coucher. Demain, il n'y paraîtra plus !

CHAPITRE XIII

Ne laissez jamais les oiseaux en liberté

— Tu n'étais pas dans ton assiette, hier ! déclare Félicie au moment où je descends de ma chambre.

Je lui sors la seule explication qui puisse la satisfaire.

— J'étais un peu barbouillé, j'avais mangé dans un restaurant où la cuisine sentait l'huile.

— Ah ! triomphe-t-elle, je l'avais pensé…

Elle hoche la tête et murmure :

— Vois-tu, mon grand, je t'ai toujours dit qu'il valait mieux t'acheter une tranche de jambon dans une charcuterie et la manger sur un banc, plutôt que d'aller dans des restaurants de second ordre : tu t'abîmes l'estomac !

— T'as raison, m'man…

Elle m'en sort long comme un discours de distribution de prix sur la nourriture d'aujourd'hui. Tous les fascicules de la revue *Guérir* à laquelle elle est abonnée lui remontent aux lèvres.

J'écoute le ronron de sa bonne voix. C'est une musique qui vaut pour moi toutes les symphonies. Vous allez dire que je fais du Jean Nohain, et pourtant c'est vrai. J'ai pas honte à le dire : j'adore ma vieille.

— Ton chef t'appelle au téléphone, dit Félicie, alors que je viens de m'introduire dans la gargane un toast large comme le rond-point des Champs-Élysées.

J'avale le blaud d'un coup sec et je trotte à l'appareil.

— Bonjour, boss.

— Alors, ça va mieux ?

Il sait tout, ce vieux renard. Vous pouvez pas aller pisser sans qu'il vous demande si vous avez des ennuis de prostate.

— Oui, fais-je.

— Et votre petite enquête privée ? demande-t-il.

— Je… Vous êtes au courant ?

— Vous pensez la conclure avant ce soir ?

— Je… Je ne sais pas, patron… Vous, vous ne voyez aucun inconvénient à ce que je m'occupe de ça ?…

— Aucun, à la condition toutefois que cela ne contrecarre pas nos projets.

À part ça, il n'est pas exclusif, le Vieux !

— Vous n'oubliez pas que vous partez demain ? Pour être précis, c'est cette nuit, à zéro heure trente.

— Bien, patron…

— Vous préparerez votre valise ?

— Oui, patron…

— Et vous passerez ici dans la journée pour y chercher vos papiers, vos devises et… vos instructions.

— Oui, patron…

— J'espère que vous serez en forme ?

— Je le suis, patron…

— Parfait, à tantôt.

Il raccroche sec.

— Rien de cassé ? questionne timidement Félicie.

— Non, rien… Écoute, m'man, tu sais que je pars cette nuit pour les États-Unis…

— Seigneur ! se lamente-t-elle. Il paraît que dans ce pays ils mangent comme des sauvages ! Fais attention, je suis certaine que tu n'as pas le foie solide.

Évoquant les bonbonnes de gnole que j'ai ingurgitées depuis que je suis au monde, je ne puis m'empêcher de sourire.

— Tu ne me crois pas ?

— Pas beaucoup, non, m'man.

— Tu as tort, je…

— Excuse-moi de t'interrompre, m'man, mais je suis pressé…

— Comme toujours, soupire-t-elle. Je ne te vois jamais… Tu viens, tu pars… Enfin, il est vrai que tu pourrais être marié, en ce cas je ne te verrais pratiquement plus.

— Chasse ton cafard, m'man ; lorsque je reviendrai de Chicago, je prendrai huit jours de campo et nous irons faire une virée en Bretagne, en amoureux, t'es d'accord ?

— Ne le suis-je pas toujours ?

Je l'embrasse.

— Bon, alors écoute, il se peut que je n'ai pas le temps de repasser ici avant mon départ. Prépare-moi ma valoche : chemises, etc. Mon costume bleu uni et mon autre en tweed, vu ? Si à onze plombes je ne suis pas là, appelle un taxi et amène-toi à la gare aérienne des Invalides avec la valise.

— Bon…

— Au revoir.

— Au revoir !

*
* *

Pour la énième fois, je reprends les éléments de cette sombre histoire. Je bute toujours sur les mêmes mystères : Pourquoi Parieux a-t-il écrit « au secours » ? Pourquoi dans l'avant-dernière nuit, quelqu'un est-il allé brûler un mouton dans la chaudière de Goussenville ?

Chose curieuse, ces deux points m'intriguent davantage que les deux morts. Les morts, ce sont les chiffres de l'opération, ces deux questions en sont les facteurs…

Il fait beau, je conduis doucement…

Qui fumait la marijuana ? Jo ou Isabelle ?

Isabelle ! Ce nom pour conte de fées commence à me briser les joyeuses. Je sens que si je ne lui mets pas la patte dessus avant de m'envoler, cette nuit, je ferai une crise d'urticaire avant de débarquer au pays du dollar.

Qui fumait la marijuana ? Jo ou Isabelle ?

Je chasse cette pensée, mais elle revient,

obstinée. Hier, Jo a refusé la cigarette que je lui offrais… Avait-il remarqué le paquet ? Je parierais que non.

De même pour le briquet… Il ne lui appartient pas ! Étant donné qu'il admet fort bien avoir passé plusieurs jours chez Isabelle, il n'y avait aucune raison pour qu'il affecte de ne pas reconnaître le briquet…

Je stoppe devant le magasin toujours fermé de Balmin.

La première personne que je découvre, embusquée derrière un journal, c'est le gros Chardon, bouffant des cacahuètes…

Je sors le briquet de ma poche et je fous le feu à son journal ; il le lâche vivement et pousse un juron. Puis, voyant qu'il s'agit de moi, il me fait un sourire jaune. De toute évidence il me garde rancune pour la sortie que j'ai faite à Muller.

Autour de lui il y a un tapis de coques de cacahuètes…

— Tu les fais venir directement d'Afrique ? je demande, par bateaux, non ?

Il sourit…

— Que voulez-vous, j'aime ça…

— Rien à signaler ?

— Rien… L'oiseau est toujours au nid…

— Qui a fait le tapin cette nuit ?

— Burtin.

— Ça colle ! Burtin c'est le super-champion de la planque. Il serait capable de suivre son ombre sans qu'elle s'en aperçoive !

Je m'engage dans l'immeuble.

Troisième étage ! Coup de sonnette ! Silence… Il fait la grasse matinée, ce chérubin…

Nouveau coup de sonnette sur l'air convenu… Et nouveau silence côté appartement. Ailleurs la radio française sévit par la voix de M. Luis Mariano, premier chanteur de charme français à gauche en sortant !

Qu'est-ce qu'il lui arrive à Jo ? Il joue la Belle au bois dormant ? Ou bien se planque-t-il ? Ou bien est-il…

Tonnerre de Zeus !

Mon Cézame… Je trifouille fiévreusement dans le trou de la serrure…

Pourvu qu'on ne me l'ait pas descendu, celui-là, encore ! Enfin je repousse la lourde…

Aucune odeur de gaz… L'appartement ne sent rien… Si, le vide ! Et vide il l'est autant qu'un article de tête du *Figaro* !

J'entre en coup de vent dans toutes les pièces. Personne ! Tout est en ordre…

Dans la chambre de Jo je découvre le pantalon violet et le foulard jaune… Allez savoir de quelle façon il s'est loqué !

Je fouille les tiroirs, non dans l'espoir d'y découvrir Jo, mais pour essayer de dégauchir un indice quelconque… Mes fesses ! Tout ce que je peux scrafer c'est un paquet de cigarettes turques vide, mais qui pue la marijuana… Donc c'était bien Jo qui s'expédiait au paradis !

C'est un faible indice… Un indice qui contribue à me faire perdre mon restant de latin.

Comme un fou je me lance dans l'escalier… Je débouche à zéro sur Chardon au moment où il va se coller dans la margoulette une poignée de cacahuètes. D'un geste violent j'envoie dinguer les cocons et je le cramponne par le colbak.

— Fumelard ! Incapable ! Extrait de cornichon !

— Qu'est-ce qui…

— L'oiseau s'est envolé, hé ! patate !

Il laisse tomber son journal…

— Mais monsieur le commissaire, je vous jure…

— Oh ! dis, passe la main avec les serments et les protestations, le mec a filé, il t'a passé sous le pif sans que tu le renifles… Peut-être même qu'il t'aura demandé du feu… Des flics à la noix comme toi on en trouve tout le long des trottoirs !

Ma rogne est telle que si je ne me retenais pas je lui défoncerais la devanture… Les passants se retournent…

Je suis à deux doigts de la crise d'apoplexie. Il ne me restait que deux personnages disponibles : Jo et le docteur Bougeon, et voilà que Jo les a mis…

C'est ma visite d'hier qui lui a collé les flubes. J'ai dû dire quelque chose qui lui a glissé les copeaux et il a préféré se faire la valoche… Probable que ce citoyen était loin d'avoir la conscience tranquille…

Mon petit lutin portatif me sermonne.

« Allons, San-Antonio, murmure-t-il au fond de

mon esgourde, maîtrise-toi… Tu vas à droite et à gauche comme un jeune chien, un peu de retenue, que diantre ! »

Ma rogne tombe comme le lait qui bout.

— Fiche tout en branle ! ordonné-je, mais qu'on mette la main sur ce type, tu as compris ? Et ne me regarde pas comme ça !

— Bien, commissaire…

Il est de plus en plus pâle, Chardon… On a envie de le mornifler un brin pour lui donner des couleurs.

— Fais-moi plaisir, continué-je, change de planque, qu'on surveille maintenant le Dr Bougeon, place des Ternes… Et cette fois, si tu le laisses glisser, tu pourras te filer une bastos dans le bocal parce que tu ne mériteras plus d'exister…

— Bien, monsieur le commissaire.

Le voilà parti. Par acquit de conscience je vais demander à Fréhel si elle a vu sortir le mignon. Bien entendu elle n'a rien biglé…

— Et pourtant, dit-elle, j'ai l'œil…

Je me dis qu'elle l'a souvent au plafond : toutes les fois en tout cas qu'elle se met un goulot de bouteille sous le tarin !

*
* *

La petite voix fluette du lutin, la ramène ;

« San-Antonio ?… »

Je grommelle :

— Hmm ?

« Tu es un manche… »

— Merci…

Ce lutin, s'il n'était pas barricadé dans mon subconscient, vous parlez d'une avoinée que j'y filerais !

« San-Antonio… »

— Quoi encore ?

« Tu n'as pas plus de cervelle que l'idiot de ton village… Et j'insulte l'idiot de ton village ! »

— Vraiment ?

« San-Antonio ?… »

— Oh ! ça suffit, oui ?

« Non, ça ne suffit pas… Tu conduis cette enquête comme le ferait un débutant : en dilettante, comme on dit dans le monde bien pourvu en vocabulaire. Tu cours de droite à gauche… »

— On ne peut rien dire devant les enfants, fais-je, amer, en pensant que j'ai murmuré moi-même ces mots il y a un petit instant.

« Pourquoi ne prends-tu pas carrément l'un des nombreux fils qui se présentent et ne le remontes-tu pas posément ?… »

— Parce que je n'ai pas le temps : on part demain, Toto… On se trisse chez les Ricains…

« Et alors ? C'est une raison pour cochonner le travail ?… Tu crois que ça t'avance de tourner en rond ? »

— Non, ça ne m'avance pas…

« Ah ! voilà que tu deviens raisonnable. Un homme qui s'humilie devient toujours raisonnable… Toi c'est l'orgueil qui te perdra… »

— D'accord, ensuite ?

« Réfléchis, San-Antonio... Quelqu'un a brûlé une tête de mouton dans une chaudière, en pleine nuit... Ce quelqu'un a fait au total plus de deux cents kilomètres pour cela... »

— Et puis ?

« Et puis ? Mais c'est tout, San-Antonio... Cet acte est-il raisonnable, oui, ou non ? »

— Bien sûr que non...

« Alors... »

— Alors quoi ?

« Si cet acte n'est pas raisonnable c'est qu'il a été commis par un fou. Les faits qui précèdent te donnent-ils l'impression qu'ils sont animés par un fou ? »

— Sûrement pas...

« Donc, cet acte fou, ne l'est qu'apparemment, il cache un motif secret, un motif puissant... »

Le petit lutin la boucle... Moi je suis toujours planté sur le trottoir. Un soleil pour noces et banquets ruisselle sur les bourgeons du parc Monceau.

Et comme cela se produit d'ordinaire, la bonne vieille vérité m'apparaît... Du moins un morceau de vérité... Je comprends pourquoi le quelqu'un mystérieux est allé brûler ce mouton...

Je reviens chez la concierge. J'ai l'air de l'écœurer. M'est avis que je vais lui servir de prétexte et qu'elle va boire pour m'oublier...

— Vous avez le téléphone ?

— Comme une reine, déclare-t-elle.

Je fais un effort d'imagination pour me représenter Marie-Antoinette en train de téléphoner. Cet anachronisme ne me fait même pas rigoler...

— Vous permettez ?

— Allez-y, c'est vingt balles !

Je lance un jeton sur sa table. Et je compose le numéro du Dr André.

Il décroche lui-même…

— C'est encore moi, lui dis-je…

— Salut, commissaire, comment allez-vous ?

— Très bien. La marijuana me tente !

Il rit…

— Écoutez, doc, je m'excuse d'être toujours pendu après vous, mais depuis quarante-huit heures je ne suis pas dans mon état normal. J'ai mis le nez dans une affaire qui ne me paraît pas catholique et l'imminence de mon départ pour les États-Unis me rend nerveux…

Il me laisse parler, sachant bien que je vais lui demander quelque chose…

— Docteur, ne riez pas, c'est à cause de cette tête de mouton… Je n'arrive pas à croire que quelqu'un ait fait des kilomètres en pleine nuit pour aller la brûler…

— Cela me paraît pour le moins bizarre à moi aussi, convient-il.

Je me réjouis en pensant qu'il est accroché. C'est très bon pour la réalisation de mon projet.

— Voilà l'idée qui m'est venue… Supposez que ce quelqu'un ait brûlé un cadavre dans la chaudière… Ou plutôt qu'il ait un cadavre humain à y brûler… Il se dit que cela va faire beaucoup de fumée, que cela va sentir mauvais, que cela va laisser des traces suspectes…

— Oui ?…

— Ce quelqu'un est malin. Il se munit d'un cadavre de mouton…

— Alors ?…

— Alors il allume une grosse chaudière de chauffage central… Il la pousse à fond et il brûle son cadavre humain… Il veille à ce que cette combustion soit parfaite, totale… Puis, lorsqu'il a fini cette sale besogne, lorsqu'il a bien vérifié les cendres, qu'il les a bien pilées, il brûle le cadavre du mouton sans y apporter autant de conscience, si j'ose employer un tel mot… Ce second corps brûlé n'est là qu'en trompe-l'œil… Si la police par hasard a vent de quelque chose, si elle s'inquiète de cette séance de « colombarium » à domicile, elle fera des prélèvements… Et que trouvera-t-on dans la chaudière ? Des vestiges de mouton… Et il y a quatre-vingt-dix chances sur cent pour que la police n'insiste pas… Brûler un mouton n'est pas un délit.

— Votre raisonnement se tient debout, admet-il…

— Je suis bien aise de vous l'entendre dire…

— Et vous voudriez que j'aille farfouiller dans les cendres de la chaudière avec vous ?

— Vous êtes suprêmement intelligent, docteur…

— Et comme ça urge, à cause de ce fameux départ imminent, vous aimeriez que nous y allions tout de suite ?

— Je passe vous prendre immédiatement, doc… Et si jamais je deviens ministre de l'Intérieur un jour, je vous ferai voter une médaille qui vous descendra jusqu'aux genoux !

CHAPITRE XIV

Ne remuez jamais que la cendre de vos souvenirs

Il est charmant, André. Il connaît un tas de choses et il vous en fait profiter. Le voyage jusqu'à Goussenville est un enchantement pour mes oreilles. Nous ne parlons pas de « l'affaire », mais d'un tas de trucs plus ou moins quelconques.

Comme je prends les virages à quatre-vingts, il me dit :

— San-Antonio, pensez un peu à votre passager lorsque vous conduisez et dites-vous bien que la vitesse ne grise que celui qui la crée…

Et, comme dans une ligne droite je franchis le cent vingt :

— Vous savez qu'à partir de cent à l'heure on parcourt vingt-huit mètres à la seconde ? Or il vous faut au moins vingt secondes pour vous arrêter… Supposez qu'un obstacle imprévisible se dresse à quelques mètres de vous ?

Je blague.

— Ah ! ça va, toubib ! Vous allez me dégoûter à tout jamais de la voiture si vous continuez !

— Je ne cherche pas à vous dégoûter de la voiture, assure-t-il, mais de la vitesse. Notre vie est tellement fragile que je trouve superflu d'augmenter les risques, vous comprenez ?

— Je comprends, doc…

— Surtout, fait-il, ne croyez pas que j'aie peur, car moi j'ai une Salmson avec laquelle je grimpe jusqu'à cent quarante au compteur !

Là-dessus nous éclatons de rire.

Je mets une heure et quelques broquilles pour faire le voyage. Lorsque nous stoppons devant la propriété, il y a dans tout le patelin de réconfortantes odeurs d'omelettes qui me font songer que midi est une belle heure… Mais il n'est pas question de becqueter, loin de là !

Cette serrure m'est déjà familière et je l'ouvre aussi aisément que si j'en possédais la clé véritable…

Rien n'a bougé depuis ma visite d'hier. J'entraîne le Dr André à la cave jusque devant la chaudière.

— Trouvez-moi un drap de lit, dit-il… Nous y récupérerons les cendres et nous irons les examiner à la lumière, ici l'éclairage est nettement insuffisant.

Je cours chercher ce qu'il me demande… Nous raclons soigneusement le foyer de la chaudière, son cendrier et nous récoltons un gentil tas de cendres que nous coltinons jusque sur la table de la cuisine. J'ouvre tout grand les volets de celle-ci et nous obtenons une sorte de laboratoire de fortune fort estimable…

André ouvre une trousse dont il s'est muni. Il enfile des gants de caoutchouc, prend une boîte de fer plate, une pince, une loupe et se met à examiner les résidus récupérés dans la chaudière.

Il procède lentement. Parfois il s'arrête devant des scories carbonisées et les étudie comme un agent secret étudie la carte du bled où on va le parachuter. Il murmure :

— Coke…

Tout à mon idée de cadavres brûlés je demande :

— Comment, coq ?

— Charbon…

— Ah…

Il extirpe un minuscule morceau de quelque chose pas plus gros que le remontoir d'une montre.

— Tiens, dit-il… Voilà une esquille d'os…

Il se penche, loupe en main, saisit un petit appareil qui ressemble à un pied à coulisse. Il prend des mesures bizarres… Il hoche la tête…

Moi, impuissant comme un chat taillé qui assiste à une partouse, je ne peux que scruter son visage dans l'espoir d'y lire du nouveau…

— Mouton, murmure-t-il enfin…

Il continue à fouiller la poudre grise, grumeleuse… Il fait d'autres trouvailles… Et soudain il pousse un petit sifflement qui me fait sursauter…

— Regardez ça ! ordonne-t-il…

Je lui prends sa louche des mains et je scrute désespérément ce qu'il me tend, une espèce d'éclaboussure jaune pâle…

— Qu'est-ce que c'est que ça ? Du mouton ou de l'homme.

Décidément il a le don de m'ahurir.

— Ni l'un ni l'autre, dit-il, c'est de l'or…

— De l'or ?

— Oui, une dent !

— Vous êtes certain ?

— C'est même une molaire… L'or a fondu mais l'empreinte générale subsiste, regardez de très près.

— Maintenant que vous me le dites, je vois…

Il continue toujours son examen.

— Oh ! Oh !

— Quoi encore, toubib ?

— Voici une autre dent, une dent qui n'a jamais appartenu à un mouton…

— Donc j'avais raison ?

— Il me semble !

J'exulte… Vraiment je me sens le gros triomphateur… Ainsi mes cellules grises ne sont pas atrophiées…

— On pourrait emporter le contenu du drap à Paris pour un examen plus approfondi, vous ne croyez pas, docteur ?

— Bien sûr, attendez…

Il a pêché un autre petit morceau d'os…

— Ce doit être un fragment humain, annonce-t-il…

Il n'a pas achevé sa phrase que nous nous retournons… Nous nous retournons car la porte de la cuisine vient de s'ouvrir… Et un chien pénètre en grondant dans la pièce…

— Tiens, fait le médecin légiste, d'où sort-il celui-là ?

Je bigle le cador.

C'est un superbe boxer que je crois reconnaître. Du reste lui aussi m'a reconnu car il me regarde avec un air incertain…

— Il a reniflé le cadavre, dit paisiblement le médecin…

— Le cadavre… ou le flic ! je lui réponds.

CHAPITRE XV

Ne parlez jamais la bouche pleine

Je m'apprête à aller jeter un coup d'œil dehors lorsque la porte s'ouvre en plein et le docteur Bougeon paraît.

Il est plus pâle que jamais. Cette fois il ne porte plus sa vieille veste d'intérieur, mais un pardessus de demi-saison couleur de murailles…

Il a le regard fiévreux et il est tremblant. Je vois frémir ses joues comme les flancs d'un animal effrayé.

— Ah ! fait-il simplement, en nous regardant…

Ses yeux brillants se posent alternativement sur André, sur moi, sur le tas de cendres…

— Ah ! redit-il…

Je ne peux définir s'il est consterné ou soulagé de me trouver là… Il esquisse un léger mouvement de recul et s'immobilise.

— Que… que faites-vous ici ? demande-t-il.

— Nous sommes à la pêche, docteur…

— Qui est-ce ? me demande André à voix basse.

— Un confrère à vous, fais-je, et le propriétaire de la maison…

Revenant à Bougeon, je poursuis :

— Nous pêchons le cadavre. C'est un sport d'un

genre assez particulier… Au fait, vous pourriez nous aider… Un toubib de plus ne serait pas de trop car la besogne est rebutante et moi je ne peux pas être d'un grand secours au Dr André ici présent… La règle du jeu ? Elle est simple… Vous prenez une poignée de cette cendre prélevée dans votre chaudière de chauffage central et vous essayez de délimiter ce qui appartient à un homme ou à un mouton… On met l'homme à droite, le mouton à gauche et le charbon au milieu… Absolument étourdissant !

« J'ai bien envie de faire breveter le truc, il y a de l'argent à gagner… De quoi tuer le jeu de Monopoly !

Il est toujours aussi neutre, aussi sombre, aussi défait…

— Eh bien ! alors, dites-nous quelque chose ! fais-je…

Et comme il se tait…

— Je m'excuse d'avoir pénétré chez vous d'une façon un peu… cavalière. Dans la police, vous savez, on ne s'occupe pas toujours de la loi… Nous l'appliquons surtout aux autres…

Mais j'ai beau me faire mousser le pied de veau, il reste muet comme une carpe…

— Oh ! à propos… Avez-vous une idée de l'identité de la personne qui a été brûlée dans cette chaudière ?

Alors il murmure d'une voix blanche :

— C'est ma fille…

Puis il ressort sa main droite de la poche du

pardessus, je vois illico qu'elle tient un revolver. Le temps de compter jusqu'à deux et j'ai déjà cramponné le mien.

— Pas de coup fourré ! lui dis-je... Jetez ce revolver, docteur ou il vous arrivera un malheur. Je tire vite et juste... Il y a dans la chambre de ma brave mère une médaille d'or qui l'atteste !

Mais j'ai tord de m'inquiéter, Bougeon ne songe pas du tout à nous menacer... Lentement, lentement, il lève son arme... Il la dirige vers sa tempe...

Je pige tout, je me précipite en hurlant :

— Faites pas le con !

Mais la détonation éclate avant que j'ai pu intervenir. Alors je m'arrête et je regarde... Le médecin a un grand trou rouge dans la tempe. On ne voit plus ses yeux révulsés... Le sang pisse à travers l'acre fumée... Il titube puis ses jambes fléchissent et il s'écroule sur le carrelage de la cuisine exactement comme si on lui avait lâché une rafale dans les pattes.

Le boxer me bouscule et bondit sur le cadavre agité de spasmes. Le chien, en gémissant, se met à lécher le sang coulant de l'affreuse blessure.

Je me tourne vers André. Il n'a pas bougé de son siège. Il tient sa loupe de la main droite et s'en tapote le bout du nez...

— Il a une façon de souhaiter la bienvenue à ses visiteurs, fais-je...

Mais le calembour sonne creux comme l'estomac d'un fakir ou le crâne de Martine Carol.

Je me penche sur Bougeon.

— Il est mort, hein ? dis-je à haute voix.

André vient me rejoindre.

— Oui, dit-il…

Alors je me fous en rogne pour la dix millième fois.

— Le salaud ! hurlé-je, sans le moindre respect pour le mort. Il aurait pu parler un peu avant de s'envoyer dehors ! Venir se faire péter le but devant les flics c'est de la provocation, ça ! J'aurais des actions chez saint Pierre, je lui en ferais choper pour cent mille ans de purgatoire de plus !

— Pourquoi diantre a-t-il agi ainsi ? demande André.

— Ah ! si je pouvais le savoir… Je suppose qu'il a été commotionné en nous trouvant chez lui… Il devait en avoir sur la patate et il a compris que tout était foutu…

— Il y a aussi une chose, murmure le légiste.

— Et laquelle ?

— Je regardais cet homme… Il était drogué jusqu'au trognon… Vous n'avez pas remarqué ses pupilles dilatées, son air hagard, son teint blême ?

— Si, mais…

— Cet individu était en état second… À cheval entre son rêve et la réalité… Il s'est suicidé presque accidentellement, comme tombe un somnambule brutalement réveillé.

— Marijuana ?

— Peut-être ! Je saurai ça plus tard.

— Doc, fais-je soudain, l'heure tourne, nous

préviendrons la gendarmerie au passage, mais je dois partir car mon patron m'attend à l'usine.

— J'espère qu'il attendra une demi-heure de plus et que nous aurons le temps de nous envoyer un steak pommes frites en cours de route ?

— Eh bien ! on peut dire que la vue des cadavres ne vous coupe pas l'appétit ! fais-je…

— Il n'y a que ma mort à moi qui puisse me la couper, assure André.

*
* *

J'admire la façon artistique dont André pèle sa poire en utilisant, pour ce faire, sa fourchette et son couteau.

Nous avons briffé sans piper mot… Maintenant, j'éprouve la tiédeur des digestions confortables…

— Et de quatre ! dis-je.

J'ai parlé pour moi. Mais mon compagnon me regarde avec curiosité.

— Vous dites, cher ami ?

J'atterris.

— Je disais « et de quatre » en pensant au Dr Bougeon. Voyez-vous, doc, j'ai, un beau matin, tout à fait par hasard, mis le nez dans un drame à cinq personnages… Et sur ces cinq personnages quatre sont morts… Il y a d'abord eu Balmin, l'antiquaire ; puis Parieux, son collègue et ami ; ensuite la fille de Bougeon – de son propre aveu – et enfin Bougeon soi-même… Il ne me reste plus à me mettre sous la patte qu'un petit pédé… Et encore il est en fuite…

Je résume posément tous les faits, dans leur ordre chronologique.

— Balmin est mort avec la participation de Parieux… La voiture truquée de celui-ci en est la preuve par 9…

— En effet.

— Et malgré tout, Parieux avait peur… De toutes les questions que j'ai à me poser, celle qui m'occupe le plus l'esprit c'est celle concernant le fameux « au secours »… Pourquoi avait-il peur tout en étant au moins complice du meurtre bizarre de son collègue ?

— Il avait raison d'avoir peur puisqu'il est mort le lendemain, remarque André.

— Je me suis dit cela… L'histoire du lait… Étrange, hein ? Parieux ne pouvait se coucher sans avoir garé sa voiture, sa réputation d'homme soigneux nous le prouverait… Or il n'a pas été drogué… On ne l'a pas attaché, il était très calme… Calme comme un véritable dormeur…

— San-Antonio, déclare André, avec toutes ces histoires, j'ai oublié de vous signaler une constatation que j'ai faite après l'autopsie… J'aurais dû m'en apercevoir plus tôt, mais vous étiez tellement pressé et je recherchais des traces de narcotiques !

Je frémis comme un vibrator.

— Dites vite si vous ne voulez pas me voir claquer de curiosité !

— Peu de temps avant sa mort, Parieux avait fait l'amour…

Je regarde André pour voir s'il ne se fiche pas de ma tirelire. Mais non, il est sérieux comme un conclave.

— Bon, fais-je, ceci confirme tout simplement que sa maîtresse était bien chez lui peu de temps avant sa mort… Et alors ?

— Et alors, si vous permettez, mon bon, j'ai ma petite théorie sur la façon non pas dont il est mort, mais dont il a pu mourir…

— Je vous écoute ardemment, doc…

— Vous faites l'amour quelquefois, San-Antonio ?

— Mettons très souvent et n'en parlons plus…

— Bon… Quelle est votre comportement immédiatement après ?

Je me fends la gueule.

— Quelle curieuse question… Après ! Mais après, doc, je rentre chez moi, comme tous les Français !

— Ne plaisantez pas… Vous flemmardez un peu au lit, histoire de récupérer, non ?

— Oui…

— Vous rêvassez, non ?

— Oui…

— Vous ressentez la tristesse animale dont parle la fameuse citation latine. Non ?

— Oui…

— Tous les hommes sont ainsi…

— Ah oui ?…

— Ben voyons... Donc, il n'y avait aucune raison pour que Parieux diffère...

— Aucune...

— Disons que Parieux a fait l'amour, puis qu'il s'est reposé, flottant dans ce vague masculin... Sa compagne se lève, elle met la radio en sourdine, puis passe dans la cuisine où elle ouvre tous les robinets du gaz...

La radio empêche Parieux d'entendre le petit sifflement du gaz...

— Et la fille, pendant ce temps ?

— La fille ? Elle fait du bruit dans la cuisine, dans le cabinet de toilette...

« Elle se manifeste de manière à créer une ambiance quotidienne, une atmosphère normale... Parieux ne sent pas le gaz... Il est un peu assommé par l'amour...

J'opine du bonnet (et non pas de cheval, comme ne manquerait pas de dire Breffort).

— Très ingénieuse, votre théorie, doc... chapeau... Mais, dites voir un peu... Et la fille ? Elle n'est pas incommodée ?

— Non, fait André, elle ne l'est pas si elle s'est munie d'un masque à gaz... Des masques à gaz on en trouve partout... Les greniers en sont pleins... Elle attend... Puis, lorsque Parieux a sombré dans l'inconscience, elle fait bouillir un demi-litre de lait...

Je ricane...

— Elle allume une allumette dans cette pièce pleine de gaz ? Jolie explosion...

Ça me fait plaisir de le prendre en défaut.

— C'est vrai, reconnaît-il... Alors elle a fait bouillir le lait avant d'ouvrir tous les robinets... Elle a attendu qu'il se déverse sur la cuisinière... Puis elle a éteint la flamme... Ensuite elle a fait ce que je vous ai dit précédemment... Avant de partir elle a fermé les autres robinets, ne laissant ouvert que celui sur lequel se trouvait la casserole de lait...

Je sens qu'il a raison, André... À mesure qu'il jacte, ça fait le cinéma en relief dans mon crâne.

— Bravo, m'écriai-je, vous êtes le nouveau Sherlock...

Il a une petite moue amusée...

— Rien ne prouve que j'ai raison, c'est une hypothèse et je suis particulièrement bien placé pour savoir que rien n'est plus fragile !

— Tout de même les choses ont dû se passer comme ça...

Je poursuis :

— Bon. Et après ? Pendant que vous y êtes, docteur, dites-moi la suite, c'est passionnant...

— Après ? fait-il...

— Oui, la fille est revenue ici, à Goussenville... Dans la nuit, seulement elle n'était pas seule... Quelqu'un l'accompagnait. Ce doit être Jo...

— Mais vous venez de me dire que Jo n'est pas sorti de l'immeuble...

— Probable qu'il a un système particulier puisqu'il a réussi à foutre le camp !

— Évidemment... Alors il serait venu ici avec la fille, l'aurait tuée, brûlée ?...

— Ça vous choque ?

— Oui, à cause du mouton. Le mouton, c'est une très belle idée. Mais c'est une idée qui implique la préméditation, vous ne pensez pas ?

— Fatalement…

— Quand on est un brave petit citadin, on ne se procure pas un mouton comme on se procure une cravate… Si Jo nourrissait de telles pensées, il a dû agir avant, de façon à avoir l'animal sous la main…

— Bien sûr…

— Sous quel prétexte alors aurait-il amené la fille ici, en pleine nuit. Je sais, ils étaient complices, mais ceci n'explique pas le voyage.

— Peut-être avait-il quelque chose à cacher ?

— Ou bien un rendez-vous ?

— Ou bien un rendez-vous, oui…

— Avec le docteur, par exemple ?

— Pourquoi pas ?

— D'autant que pour faire entrer un corps dans une chaudière il faut préalablement le découper. Qui donc mieux qu'un boucher ou un médecin accomplirait mieux cette rebutante besogne ?

— Voulez-vous dire que Bougeon aurait aidé à l'assassinat de sa fille ?

— On a vu des choses plus extraordinaires…

— Il l'aurait découpée ?

— Enfin, comment savait-il que c'étaient ses cendres que vous tripatouilliez ?

André réfléchit un long moment :

— Et tout cela dans quel but, commissaire ? Avez-vous mis en pratique le vieil adage : « Cherchez à qui le crime profite ? ». À qui pouvaient profiter ces crimes successifs ?

— Au docteur ?

— En ce cas, comment ? Qu'il tue Parieux, ça se comprend puisque, paraît-il, il le haïssait... Mais pourquoi Balmin... Balmin *avec* l'assistance de Parieux ? Pourquoi sa fille ?

— Oh ! marre ! je ronchonne. Ma chaudière à moi va exploser si je continue à tourniquer là-dessus comme un corbeau autour d'une charogne.

— Vous étudierez cela à votre retour des États-Unis, à moins que vos collègues ne parviennent à mettre la main sur le petit pédéraste et que ce dernier n'avoue...

Nous nous levons de table... L'aubergiste se casse en deux et nous escorte jusqu'à la porte.

— Au plaisir, messieurs, nous dit-il...

Au plaisir ?

Comme je m'apprête à prendre place dans la voiture, une voix crie :

— Commissaire ! Commissaire !

Je regarde et je vois radiner un taxi parisien, un vieux G7. Le corps engagé à l'intérieur, il y a Chardon... Un Chardon gesticulant, excité, semant des cacahuètes et des postillons.

Le taxi stoppe.

— Vous êtes ici ? fait le gros flic. Je suis sur les traces du docteur. À peine avais-je commencé ma faction devant son domicile qu'il est sorti. Il est grimpé dans sa voiture et il est parti. Il n'y avait pas de taxi en vue... Je suis alors monté chez lui.

Une femme de ménage m'a dit qu'il avait reçu un coup de téléphone et qu'il était parti comme un fou en lui disant qu'il allait dans sa propriété de Goussenville… Moi j'ai réquisitionné un taxi, mais ces tacots vont tellement doucement…

— Eh bien ! ne te fatigue pas, fais-je… J'ai vu le toubib, il est mort. Il s'est tiré une balle dans le crâne… Fais le nécessaire… Que personne n'entre dans la maison… Surtout pas les gendarmes…

— Tué ! balbutie Chardon.

— Oui, lui dis-je en débrayant, tu vois : encore une mort naturelle !

CHAPITRE XVI

Ne perdez jamais une occasion de descendre à la cave

Il est un peu plus de quatre heures (seize heures pour mes lecteurs chefs de gare) lorsque je quitte la strass du patron. J'avoue que je suis un peu sonné par la mission qu'il vient de me confier... J'ai déjà exécuté bien des boulots, mais des comme ça jamais. Enfin, il faut un début à tout... Je vous parlerai de ça plus tard[1] !

Enfin, ma devise est « Vivons l'instant »... Lorsque je serai dans l'avion, cette nuit, je commencerai à penser à ça...

Je remise mon passeport, mes dollars et mon mot de recommandation dans une fouille, puis je redémarre sur le sentier de la guerre...

Il me reste quelques heures devant moi avant le décollage et l'expérience me prouve que quelques heures bien employées valent largement une existence inutile.

Je prends le vent, incertain, puis j'opte pour la rue Chaptal... C'est décidément la rue des

1. Lire les extraordinaires aventures de San-Antonio en Amérique dans le prochain ouvrage intitulé : *Bas les Pattes*.

Macchabées, avec ce voisinage du Grand-Guignol où, chaque soir le sang coule à flot !

Je commence par rendre une petite visite à la voisine de feu Parieux ; la vieille fille.

Elle mijote dans une odeur de cacao et de vieux calendrier. Elle pousse un petit cri de souris épouvantée en me voyant.

— Ouuuu, glapit-elle, le policier…

— Eh bien ! Eh bien ! dis-je en entrant, ne croirait-on pas que vous avez peur de la police, chère mademoiselle…

— Je n'ai pas peur de la police, mais des hommes, minaude cette vieille tordue desséchée…

Je la regarde éloquemment… Pour s'en prendre à sa vertu, faudrait se munir d'un pic pneumatique, moi je vous le dis !

— Allons, allons, chère demoiselle, les hommes ne sont pas tous des butors. Il existe aussi des gentlemen…

Et je complète :

— Rarement dans la police, nous sommes d'accord, on peut même dire que je suis l'oiseau rare de la maison poulagas.

Aussitôt je reviens à… mon mouton !

— Dites voir, le soir où ce pauvre M. Parieux a cassé sa pipe…

— Un peu de décence, coupe-t-elle.

— Pardon, le soir où il a clamsé, la radio marchait-elle, chez lui ?

Elle réfléchit.

— Oui… Il écoutait l'émission des avant-premières… C'était dimanche soir, hein ?

— En effet… Et, lorsque la… compagne de Parieux est partie, la radio s'est-elle tue ?

— Oui… Un peu avant…

Tiens, tiens, le docteur André aurait-il mis dans la cible ? Isabelle a éteint la radio avant de sortir… Parieux dormait… pour toujours !

Je regarde la vieille fille. Ses yeux en fente de tirelire ne me quittent pas.

— Quel dommage que vous ne vous soyez pas mariée, fais-je…

— Pourquoi, se rebiffe-t-elle.

— Parce que je suis certain que vous auriez fait le bonheur d'un homme.

Elle a une nuance de regret dans la voix…

— C'est la destinée, dit-elle.

— Eh oui… Mais vous devez vous trouver bien seule ?

— J'ai mes habitudes…

— Sûrement… Enfin… Vous regardez le mouvement de la rue, je parie que vous restez longtemps à la fenêtre…

— Il n'y a pas beaucoup de mouvements dans cette rue…

— C'est vrai… Dites, le soir lorsque la jeune fille est partie, vous vous êtes mise à la fenêtre, non ?

— Je ne me souviens pas…

Elle me bourre le crâne, cette savate éculée !

— Mais si, assuré-je, le cafetier d'en face m'a dit

que vous étiez à votre croisée et que vous avez vu sortir la petite de l'immeuble…

Là j'y vais dans les contrecarres, mais elle mord à plein dentier dans la pâte.

— De quoi se mêle-t-il, ce gros plein de soupe ! s'indigne-t-elle. On n'a plus le droit de se mettre à sa fenêtre, maintenant ?

— Là n'est pas la question, mademoiselle… heu… Chose… Vous avez parfaitement le droit de vivre à votre fenêtre à la condition que ça ne soit pas à poil…

— Quelle horreur ! bave-t-elle.

Son râtelier lui sort du tiroir… Elle l'aspire avec un gros bruit de succion.

— La fille est-elle montée dans l'automobile de Parieux ?

— Oui, dit-elle.

— Elle était seule ?

— Oui… Mais elle n'est pas sortie tout de suite de l'immeuble.

— Comment cela ?

— Je l'ai entendue fermer la porte et descendre l'escalier, mais elle a mis longtemps avant de déboucher dans la rue… Au moins cinq minutes de plus qu'il n'en faut pour descendre les étages… C'est vrai qu'elle était chargée, mais tout de même…

— Elle était chargée ?

— Oui, elle portait un sac sur son épaule…

— Un sac ? Quel genre de sac ?

— Un sac de chanvre, comme un sac à pommes de terre…

— Il était plein ?

— Oui, mais il avait une forme bizarre… J'ai pensé qu'elle emmenait un vieil objet, peut-être des chandeliers…

— Pourquoi des chandeliers ?

— Comme ça…

— Les idées ne vous viennent jamais « comme ça », mademoiselle… heu… Machin… Si vous avez pensé à des chandeliers, c'est que quelque chose dans la forme du sac vous y a fait songer…

— C'est vrai, reconnaît-elle… Le sac faisait des pointes…

— Bon, des pointes… comme une danseuse…

— Comment pouvez-vous trouver le temps de faire de l'esprit ? interroge cette pisse-vinaigre…

— Un homme d'esprit a toujours le temps d'en faire, dis-je doctement.

Elle hausse imperceptiblement les épaules.

Je me palpe le cervelet, puis je décide qu'il n'y a rien de plus à lui arracher.

— Au plaisir, mademoiselle… heu… Truc…

Elle me fait un signe de tête et me raccompagne à la porte.

Je ne vais pas dans l'appartement du défunt. Rapidos, je dévale les escadrins…

Le pipelet est icigo. Il passe de l'encaustique sur la boule de cuivre terminant l'escalier.

— C'est re-moi, fais-je en guise d'entrée en matière.

— Oh ! bonjour, m'sieur l'inspecteur...

— Mettons commissaire et que tout soit dit !

Il me décoche une courbette lourde de considération voilée.

— Dites voir, tous les locataires de cet immeuble ont bien la jouissance d'une cave ?

— Bien sûr...

— Quel est le numéro de celle de Parieux ?

— Le 8.

— Ça va, merci... C'est par là, n'est-ce pas, ajouté-je en désignant une porte basse au fond de l'escalier.

— Oui... Vous voulez la clé ?

— Non, j'ai tout ce qu'il me faut...

— Je vais au moins vous donner la lumière du sous-sol...

— Excellente idée !

En dix enjambées je me trouve devant la porte de cave numéro 8. L'ouvrir est pour Cézame un jeu d'enfant... Il me suffit presque de le montrer à la serrure pour que celle-ci s'actionne illico...

— C'est beau la nature... me mets-je à chantonner...

Car une bouffée acre me fouette le tarin lorsque j'ouvre la lourde... Cela pue affreusement...

Je donne la lumière et j'examine l'étroit local. Il y a un vache bric-à-brac dans le coin... Des pare-feux en fer forgé ; un cheval de bois ; des costumes d'époque moisis... Des trucs en cuivre, des horloges cassées... Bref, je pige immédiatement que Parieux utilisait sa cavouze comme super-entrepôt…

Je bigle bien partout et je découvre par terre ce que je cherche : des touffes de laine brute, puant le suint.

Pas d'erreur, on a entreposé un mouton dans le secteur… Il y a même des crottes séchées… De ces dernières crottes que les animaux expulsent après leur mort…

Les machins pointus qui gonflaient le sac de chanvre d'Isabelle, c'étaient les pattes raides du mouton…

Par conséquent, c'est Isabelle qui a coltiné le mouton… Donc elle était affranchie sur l'utilisation de l'animal… Et pourtant c'est elle qu'on a brûlée…

Ah ! je vous jure qu'il faut avoir le cœur solide dans ce putain de boulot.

— Vous avez trouvé ce que vous cherchiez ? demande le pipelet aux aguets…

— Oui…

Je fais trois pas, sa curiosité explose…

— Et c'était quoi ? demande-t-il.

— Des crottes ! fais-je en sortant.

CHAPITRE XVII

Ne vous découragez jamais !

Un coup d'œil à ma tocante : cinq heures quarante ! Cette fois c'est la course contre la montre…

Plus que quelques heures et ce sera l'abandon… J'entre au troquet d'en face…

— Du nouveau ? me demande le gros patron…

— Couci-couça…

Il voit que je suis dans une rogne noire et il n'insiste pas. Lui c'est le genre boa discret…

Il pousse un hahanement de lutteur gréco-romain et attrape sa bouteille de blanc…

— Comme d'habitude ? demande-t-il…

— Chez vous les habitudes sont vite prises…

Deux grands blancs. Nous choquons nos verres.

— Dites voir, patron, vous n'avez pas revu Mlle Bourgeon, depuis hier ?

— La poule de Parieux ?

— Oui

— Non…

Beau dialogue de clowns… Je piaffe d'impatience…

— Vous n'avez pas remarqué non plus si cette fille avait des dents en or ?

La question s'enfonce lentement dans les

profondeurs de son intellect, comme le bouchon de votre ligne lorsque vous avez une touche avec une tanche…

Il l'examine, la soupèse, puis déclare enfin :

— Jamais remarqué…

Il ajoute :

— Peut-être que la patronne a remarqué…

Et il beugle :

— Germaine ! à plein chapeau…

Sa moitié est aussi conséquente que lui. C'est une vraie moitié… Charmante femme au sourire avenant.

— C'est pourquoi ? s'informe-t-elle.

Le patron va pour traduire ma question, mais il la juge décidément par trop saugrenue et il y renonce.

J'interviens.

— Je suis de la police et j'aimerais savoir si Mlle Bougeon, l'amie de Parieux, avait une ou des dents en or ?

Elle est moins siphonnée que son jules. Les bonnes dames comprennent le saugrenu…

Elle réfléchit :

— Non, dit-elle, je ne crois pas…

— Une molaire… On ne distingue pas très bien les molaires…

— Lorsqu'elles sont en or et que la personne rit, on les distingue aussi bien que les autres… Elle n'en a pas !

— O.K.

Donc, malgré les dires de Bougeon, ce ne serait

pas sa fille qu'on aurait passé à la casserole... Qui alors ?

— Vous avez un jeton de téléphone ?

— Deux, si vous voulez, dit finement le patron.

— C'est ça, donnez-m'en deux.

Je vais à la cabine et je commence par appeler Muller.

— Ah ! c'est toi, dit-il, sans la moindre note d'enthousiasme dans la voix.

— Oui... Tu as eu des nouvelles de ton boy-scout ?

— De Chardon ?

— Oui...

Je grince entre mes dents :

— Tous les ânes ont droit à leur chardon...

— Siouplait ? hurle-t-il...

— Rien, je me parlais.

— Bravo !

Il est sur le point de manger son écouteur.

— Du nouveau au sujet du petit gars en fuite ?

— Non...

— Et au sujet de Mlle Isabelle Bougeon ?

— Non plus... Je croyais qu'elle était morte, d'après le Dr André auquel je viens de parler...

— Il se pourrait que non...

— Je ne comprends rien de rien à ton affaire...

— Confidences pour confidences : moi non plus ! Tout ce que je sais c'est que c'est Isabelle qui a trimbalé un mouton à Goussenville...

— Un quoi ?

— Un mouton... Ce qui m'engagerait à penser

qu'elle est plus du côté de l'assassin que du côté de la victime…

— Ah ! oui… Bon, j'ai perquisitionné chez le docteur… C'est plein de stupéfiants… Il paraît qu'il avait laissé choir son cabinet. Il était à la débine, le gars…

— Je m'en doute.

— On sait pourquoi il s'est suicidé ?

Cette carne de Muller n'ose pas me questionner de face… Il emploie le truchement de ce « on » indéfini.

— On se doute seulement qu'il était mouillé dans l'histoire et qu'il a été surpris de trouver la police dans sa bicoque de campagne… Autre chose : Jo se drogue aussi… Ça peut être une indication, ça, pour le retrouver… Autre chose encore : il doit avoir un méchant paquet de flouze : au moins le million du père Balmin, plus une gentille collection de monnaies anciennes qu'il a récupérées dans l'aventure… Il nageait dans les collections, ce chéri… Et ça, c'est comme la pneumonie, ça vous laisse toujours quelque chose…

« Des collections, pour un type comme ce petit combinard, ça n'a d'intérêt que lorsqu'on les vend… Diffuse son signalement chez tous les numismates de la place de Paris… et d'ailleurs.

— Entendu…

— Je ne te reverrai pas avant mon départ, mais je pense que tu arriveras à un résultat, non ?

— Merci de ta confiance…

Je lui sors encore deux ou trois vacheries bien saignantes, et je raccroche…

Mais je ne quitte pas la cabine. Mon second jeton m'offre un petit entretien avec ma vieille mère.

— Je suis contente de t'entendre, me dit l'excellente femme. Rentres-tu dîner ?

— Je ne crois pas, m'man…

— Ah ! c'est dommage, à tout hasard j'avais fait des pieds-paquets.

— Je regrette encore davantage, m'man… Tu as préparé ma valise ?

— Évidemment.

— Veux-tu y mettre le gros revolver à canon scié qui se trouve dans le tiroir du haut de ma commode ?

Elle soupire :

— Qu'est-ce que tu vas faire, encore ?…

— Tu y joindras les quatre chargeurs qui se trouvent sous ma pile de mouchoirs…

— Bon… Tout ça n'est pas raisonnable, murmure Félicie… Quand je pense que ton pauvre papa voulait faire de toi un horloger !

Moi qui ne suis pas fichu de remonter la pendule du salon !

— T'inquiète pas, m'man… Et tout à l'heure, n'oublie pas, onze heures, gare des Invalides…

— Oui…

— Je t'embrasse…

— Moi aussi. Allô ! Allô !

— Oui ?

— J'oubliais de te dire : un monsieur a téléphoné tout à l'heure, il voulait te parler.

— Il a dit son nom ?

— Oui, et il a laissé son adresse... 18, rue Joubert... M. Audran, il travaille aux Chèques postaux, à ce qu'il m'a dit... Il sera chez lui à partir de dix-neuf heures...

Les Chèques postaux !

Voilà qui me fait dresser l'oreille...

— Merci, m'man...

À ces heures, ça n'est pas commode de se garer place des Ternes... Comme j'en ai marre de tourner en rond et que les aiguilles de ma tocante tournent encore plus vite que moi, je prends un parti héroïque : celui de laisser ma tire en double file...

Puis, sans gaffer les gestes de sémaphore que m'adresse un agent, je bondis dans l'immeuble du défunt Dr Bougeon...

Je sonne à sa lourde, mais personne ne répond... Comme ça n'est pas à l'appartement que j'en ai, mais à la femme de ménage qui le fait reluire – ou qui est censée le faire reluire – je redescends chez la concierge... Ma troisième concierge dans cette enquête !

C'est une concierge très sobre, très classique... Une concierge pour quartier douillet.

Elle a les cheveux teints en bleu horizon, peut-être en souvenir de son mari tué à la guerre de 14, dont j'aperçois le portrait dans un cadre doré.

— Police...

— Troisième à gauche, me répond-elle...

J'en ouvre la gargane et les quinquets…

Alors je m'aperçois qu'elle est sourdingue comme une tablette de chocolat.

Comme cette infirmité lui laisse l'usage de ses guetteurs, je lui expose ma cartoche. Elle la gaffe d'un air prudent.

— Police ! je tonitrue…

— Oh ! pardon, s'excuse la digne cerbère, j'avais compris Coldy, mon locataire du troisième : le violoniste !

— Je voudrais parler à la femme de ménage du Dr Bougeon.

— Mais il est veuf ! objecte-t-elle.

Décidément, c'est plus grave que je ne pensais…

— À sa femme de ménage !

Elle se met la main devant les oreilles et paraît offensée.

— Pas la peine de hurler si fort, dit-elle sèchement…

Puis elle reprend, de ce ton neutre des sourdingues :

— C'est la concierge d'à côté… Mme Bichette.

Nom d'une merde arabe ! Est-ce que je vais en sortir de ces concierges, moi ?

— Merci, grincé-je.

Elle a mal suivi le mouvement de mes lèvres.

— Soyez poli, éclate cette digne personne…

Renonçant à me justifier, je tire ma révérence. En voilà une de plus qui se fera une idée péjorative de la police.

*
* *

Si vous voyiez la mère Bichette, vous voudriez l'emmener chez vous pour la mettre sur votre cheminée. C'est une toute petite vioque proprette comme son nom à l'œil malicieux…

Illico, je pige qu'on va devenir une paire de potes.

— Mande pardon, mémère, je fais en la saluant gentiment. Je suis flic et je m'intéresse à votre ex-patron.

Je la guette, ne sachant si Muller l'a mis au parfum pour Bougeon.

— J'ai appris l'affreuse chose, dit-elle… Ce pauvre docteur… Ça ne pouvait pas se terminer autrement !

Là, elle me fait plaisir, la mère Bichette.

Son petit œil brille. Elle est aussi rigolote que son blaze.

— Asseyez-vous donc, propose-t-elle.

Puis, si cordialement que je n'ose lui refuser :

— Vous prendrez bien une petite lichette d'eau-de-vie avec moi ?

— D'accord…

Elle ouvre un vieux buffet noirci par la fumée, j'aperçois des boîtes à biscuits peintes, des assiettes, des bibelots de verre. Le tout est soigneusement rangé…

— À moins que vous ne préfériez une petite verveine de ma fabrication ?

— Comme vous voudrez, mémère.

Elle sort un bout de nappe grand comme un mouchoir, l'étale soigneusement sur la toile cirée en prenant garde que le motif de la broderie soit tourné de mon côté…

Elle place deux verres teintés de mauve, une bouteille carrée dans laquelle macère une branche de verveine…

— Alors ? me demande-t-elle… Qu'est-ce que vous allez me demander ?

Je me poile.

— Vous alors, vous êtes de bonne composition…

— Dame, dit-elle, votre métier, c'est de poser des questions, et le mien d'y répondre, pas vrai ? Alors pourquoi faire des salamalecs ?

— Il y a longtemps que vous faisiez le ménage chez Bougeon ?

— Depuis la mort de sa femme.

— C'est-à-dire ?

— Une dizaine d'années… À cette époque, ce pauvre docteur avait une bonne clientèle… Il était actif, jeune, sérieux… Et puis peu à peu il s'est mis à boire d'abord… Du bourgogne. Il y avait des bouteilles partout… Son foie n'a pas tenu le coup, alors il s'est drogué…

— Le chagrin ?

— C'est ça… Celui d'avoir perdu une bonne épouse, d'abord, et puis celui de voir sa fille mal tourner…

— Comment ça, mal tourner ?

— Isabelle est une voyouse…

Le néologisme me séduit.

— Qu'entendez-vous par « voyouse » ?

— Depuis qu'elle était étudiante, elle faisait la vie avec des hommes plus âgés qu'elle… Et c'étaient des histoires… Une nuit elle était au poste pour tapage nocturne, une autre, elle passait au tribunal pour insultes à agent… Vous voyez le genre ? Le mauvais genre…

— Je vois. Du reste je me l'imagine bien dans ce style-là…

— Faut dire aussi que Bougeon ne s'est jamais occupé d'elle…

— Évidemment… Un homme seul, drogué…

— N'est-ce pas ?…

— Alors ?

— Elle a pratiquement ruiné son père… Chaque jour c'était des scènes pour de l'argent… Elle le semait à pleines mains… Lorsque le pauvre docteur a été sur la paille, elle s'est mise avec ce grand escogriffe au manteau de cuir…

— Parieux ?

— C'est ça, je crois… Oui, c'est bien ce nom. Alors le docteur s'est fâché, il l'a renvoyée… Il lui a lancé les clés de Goussenville à la figure en lui disant qu'il ne voulait pas la jeter à la rue complètement, mais qu'il ne voulait plus entendre causer d'elle ! Moi, j'étais dans la salle à manger pendant ce temps… J'ai tout entendu… Elle a ramassé le trousseau en lui disant merci sur un ton de moquerie…

— Et puis ?

— Le docteur pleurait… Alors elle lui a dit

qu'elle comprenait son chagrin, qu'elle n'y pouvait rien, que c'était sa génération qui voulait ça... Qu'elle n'était qu'une saloperie... C'est son mot, mon bon monsieur... Mais que, quand on avait choisi le mal, il fallait aller jusqu'au bout pour que ça en vaille la peine... Des idées pareilles ! Moi, j'en ai eu les larmes aux yeux. Elle a continué un bon moment encore, elle lui a dit qu'elle mettait sur pied un coup qui lui rapporterait beaucoup d'argent...

« — Avec ta crapule de Parieux ? a demandé le docteur...

« — Tout juste... Mais n'aie pas peur, je ne resterai pas longtemps avec lui... Lorsque j'aurai de la galette, je quitterai la France, j'irai faire peau neuve ailleurs et peut-être que, l'âge venant, je redeviendrai une bonne petite bourgeoise, fille de bourgeois, et... qui sait ? mère de bourgeois...

« Elle a voulu l'embrasser.

« — Pars ! a-t-il crié ! Pars, tu me fais horreur !

« Et elle est partie. Encore une lichette de verveine ; monsieur ?

Je ne lui réponds rien...

Qui ne dit rien consent... Elle verse une nouvelle tournanche de sa mixture.

Moi, je suis abîmé dans mes réflexions...

Mon petit lutin profite de mon silence pour la ramener...

« Tu vois, San-Antonio, bonnit-il, la fille... La femme, toujours la femme... Une dévergondée, une ratée... une névrosée qui a voulu jouer les Al

Capone en jupon… Elle a mis sur pied des trucs terriblement compliqués pour sa satisfaction personnelle… Elle a fabriqué de la série noire… La combine du fil électrique branché dans la voiture, c'est une idée romanesque, dans le fond… Et celle du mouton brûlé par-dessus un cadavre… aussi ! »

Je reviens à ma vieille biche…

— Avez-vous remarqué si Isabelle avait des dents en or ?

— Oh ! pas du tout ! Elle avait des dents de louve.

— Qui a téléphoné au docteur ce matin ?

Elle réfléchit…

— Écoutez, fait-elle, à un autre j'oserais pas le dire, mais vous, vous m'avez l'air intelligent.

Je la remercie d'un sourire pour cette opinion flatteuse.

— La personne qui a téléphoné changeait sa voix…

— C'est vous qui avez pris la communication ?

— Oui. Toujours, lorsque j'étais là. Elle m'a demandé après le docteur, j'ai répondu ce que je répondais toujours en pareil cas : que le docteur était absent. Il ne voulait plus faire de visites ! Alors la personne a eu un petit ricanement.

« — Mais si, il est là, a-t-elle dit… Allez lui dire que Jo veut lui parler, au sujet de sa fille…

« Je suis allé le dire au docteur. Il est arrivé. Il a fait "Allô ?" Il n'a plus rien dit jusqu'à la fin. Puis il a raccroché en murmurant : "Seigneur !"

« Et il m'a dit qu'il filait à Goussenville.

Elle se verse un petit coup de gnôle.

— Voilà, conclut-elle…

— Et la personne qui a téléphoné, cette personne qui changeait sa voix, mémère, c'était un homme ou une femme ?

— C'était un homme, dit-elle, du moins ça voulait en être un. Mais j'ai eu l'idée qu'en vérité c'était la petite qui faisait sa grosse voix en tenant un mouchoir devant la bouche…

— Et pourquoi avez-vous eu cette idée ?

— C'est lorsque la personne a ricané quand j'ai dit que le docteur n'était pas là…

— C'était Isabelle, pas vrai, mémère ?

— Vous comprenez tout sans qu'on ait besoin d'appuyer, dit la vieille.

« Encore une lichette de verveine ?

— La dernière alors !

CHAPITRE XVIII

Ne laissez jamais aux autres
le soin de penser pour vous

Il est toujours pénible, même lorsqu'on n'est pas conformiste, d'être surpris par un subordonné lorsqu'on trinque avec une vieille concierge. C'est pourquoi je fais une gueule d'hépathique en crise lorsque la porte de la loge s'ouvre devant Chardon.

— Tiens ! Ça alors, je vous trouve partout où je vais, dit-il…

C'est un bon gros, mais qui en a lourd sur la tomate et qui essaie de me le faire comprendre à sa manière.

— Toujours à l'avant-garde du progrès ! annoncé-je en vidant mon petit verre. Que viens-tu foutre ici ?

Il glisse doucement dans sa poche les cacahuètes qu'il s'apprêtait à écraser dans ses grosses pognes.

— Mon enquête, dit-il… Je viens interroger la femme de ménage du docteur, c'est normal, vous ne croyez pas, monsieur le commissaire ?

— Eh bien ! te casse pas le fion et fiche la paix à madame, ça fait deux fois en quelques heures qu'on l'interroge, elle doit commencer à en avoir classe…

— Mais pas du tout ! assure la vieille, gourmande de parlotes, si je peux vous être utile…

Je lui tends la patte.

— Ça va pour aujourd'hui, mémère… Merci pour vos tuyaux et à la revoyure, ménagez-vous !

Je chope le bras de Chardon et j'entraîne le gros lard dehors.

— Si tu me payais l'apéro ? suggéré-je.

Il rosit de contentement.

— Je ne demande pas mieux, dit-il… Vous avez l'air content, monsieur le commissaire, vous avez du nouveau ?

— Oui… Je commence à y voir clair, et c'est pour te raconter l'histoire que je t'emmène au troquet…

Il frémit.

— Ça alors, compliments…

Puis, soudain :

— Dites donc, patron, en attendant les gendarmes, à Goussenville, j'ai inspecté la maison… Les alentours… Mordez un peu ce que j'ai trouvé sous une fenêtre du premier étage…

Il déplie un sachet de cacahuètes vide et extirpe une poignée de cheveux bruns coupés. Ces cheveux sont soyeux, légèrement frisés du bout.

— Ça peut vous servir à quelque chose ? demande-t-il en rigolant.

Je lui flanque une bourrade.

— Et comment ! Là, mon gros, tu marques un point… Je te vote un bon point grand comme une affiche de Garap !

Il baisse les yeux pour voiler son allégresse.

— Vous êtes trop aimable, monsieur le commissaire…

— Avoue que tu ne le penses pas depuis longtemps ?

— Oh ! monsieur le commissaire…

Je regarde ma montre : sept heures moins des poussières.

— Vous êtes pressé ?

— Assez, mais j'ai un petit quart d'heure à te consacrer. Ouvre tes manettes que je te résume l'affaire… Tu feras part de mes déductions à Muller, je n'as pas le temps d'écrire de rapport.

Nous prenons place à une petite table au fond de la Savoie.

— Deux bières ! dis-je au garçon.

Je pose ma main devant le nez de Chardon… Je l'ouvre en éventail…

— Dans toute cette histoire, il y a en tout et pour tout cinq personnages, pas un de plus, pas un de moins…

« Ces cinq personnages se divisent comme suit : deux pauvres vieux vicieux et trois superbes salauds…

« Tu me suis ?

— Oui, oui, monsieur le commissaire.

— Je prends les vicieux : le Dr Bougeon, numéro 1, un pauvre homme ravagé par le chagrin et la drogue… Victime d'une fille écervelée, d'une « voyouse », d'après sa femme de ménage… Puis Balmin, antiquaire, un vieux pédoque qui entretient à domicile un petit jeune homme de la grande famille…

« Je passe aux salauds : nous avons donc le petit Jo, lopette droguée et sans scrupule… Parieux, le combinard sans scrupule… Isabelle, la fille de Bougeon, la « voyouse »… sans scrupule…

« Du beau monde, quoi !

— En effet, renchérit Chardon, qui profite de ce qu'il a la bouche ouverte pour se l'emplir de cacahuètes…

— Bougeon, le docteur, fini, n'a conservé que quelques vieux clients qui sont plutôt des amis et qui connaissent son vice. Balmin est de ceux-ci… Bougeon le fréquente beaucoup. Il est à ce point lié avec lui, qu'il fournit de la marijuana à Jo, la lope… À moins que ce ne soit le contraire… Isabelle, sa fille, fait son désespoir : elle lui sucre sa fortune et se colle avec Parieux…

« Grande scène du deux chez les Bougeon : il vire sa fille et ne lui laisse que la maison de campagne pour abriter ses fredaines… La fille est une demi-cinglée, une gosse sans moralité… Ce que les journaleux appellent une J3 prolongée… Elle veut de l'auber, beaucoup d'auber, et foutre le camp hors de France… Alors, elle met au point un coup maison pour s'approprier le bien de l'antiquaire… Pour cela : le buter ! Elle propose une association à Jo… Jo est héritier, il a intérêt à ce que le vieux lâche la rampe… La souris lui propose donc la mort du vieux en échange d'un morceau de gâteau… Mais elle a une autre idée… Afin que le cœur du vieux en prenne un coup, elle fait venir Jo chez elle, à Goussenville. Comme cela elle a les mains libres pour sucrer le liquide qui se trouve sur le compte de Balmin… Elle fait chanter l'antiquaire par l'intermédiaire de Parieux qui n'en est pas à son coup d'essai… Le retour du petit pédé contre son argent liquide : un million et des ! Ils doivent lui monter un bateau maison… Jo écrit des cartes savamment conçues pour faire monter la température… Le vieux accepte… Seulement, comme une fois déjà, il a porté le pet, il faut le ratatiner en vitesse… La combine de la manette électrisée est mise au point. En sortant des Postaux, Parieux met le contact… Le vieux prend la secousse et casse sa pipe… Parieux débranche le jus et court téléphoner à Goussenville… Isabelle, la vénéneuse, a tout combiné… Parfait, le programme se déroule suivant ses prévisions… Ordre est donné à Parieux d'acheter un mouton. Peut-être l'affranchit-elle ? Peut-être ne l'affranchit-elle pas, ça nous le saurons plus tard si nous alpaguons la fille. Il se peut aussi que le mouton soit déjà dans la cave au moment où meurt Balmin, quelle importance ?

« C'est le meurtre idéal… Le meurtre sans bavure et qui satisfait le goût d'Isabelle pour le romanesque… Maintenant que Balmin est mort, que le million est palpé, c'est à elle de jouer. Pour régner, il ne suffit pas de diviser, il faut aussi anéantir… Elle tue Jo, la nave, car en vraie femelle, elle sait combien les femelles sont dangereuses, or Jo en est une, et de la pire espèce… Tu suis ?

— Vous parlez ! s'exclame Chardon.

Il en oublie de mastiquer ses cacahuètes. Ses yeux saillent comme des boules de loto.

— Elle le bute, à la cave… Parieux arrive, il se peut que ce soit Parieux qui tue, ça, c'est la part de l'incertain… Ils reviennent à Paris… Mais auparavant, Isabelle réalise ce qui est le clou de sa série : elle se coupe les tifs, se les décolore, met les fringues de Jo et regagne l'appartement du boulevard de Courcelles.

« Officiellement, elle est Jo… Il lui suffit de se barricader et d'attendre… Qui sait si elle ne guigne pas l'héritage ? Cette fille doit avoir toutes les audaces, toutes les inconsciences… À moins qu'elle ne revienne dans la place pour embarquer les collections…

« C'est elle que je vois… Personne ne peut la reconnaître, que la concierge, mais la pipelette du 120 est schlass, elle est myope, il suffit à Isabelle de s'emmitoufler le bas du visage pour parachever l'illusion… Elle ne sort pas… Elle est devenue un petit pédéraste évanescent. Quel aplomb ! Chapeau ! Je m'y suis laissé prendre, il est vrai que j'ai une telle horreur des tantes que je ne les regarde pas de trop près…

« Évidemment, Jo peut sortir librement de l'immeuble ! Il lui suffit de reprendre ses vêtements féminins… de redevenir Isabelle.

« Le dimanche soir, elle règle le compte de Parieux d'une façon tout aussi romanesque que Balmin… Elle crève le million, prend le mouton et va brûler celui-ci avec le corps de Jo resté à Goussenville… Ainsi elle a liquidé trois personnes sans laisser de traces… Deux sont morts “normaux”… Homologables, si je puis dire… L’autre est parti en fumée… Seulement, elle oublie qu’un plan pareil n’est réalisable que dans les romans… Les détails vous perdent dans ces cas-là ! Ainsi elle n’a pas de dents aurifiées… Elle ne fume pas de cigarettes, même parfumées à la marijuana !

« Elle comprend que tout n’est pas aussi simple qu’elle l’a prévu lorsqu’elle me voit foncer tête baissée dans cette affaire. Elle sent que je suis un obstiné, que je brûle, qu’il y a du danger…

« Elle sent qu’elle ne peut rester sous le couvert d’une fausse identité… Que dis-je ! Avec l’identité d’un homme qu’elle a assassiné ! Alors elle redevient définitivement femme… Jo va être un homme en fuite… Elle téléphone à son père en lui disant être Jo et en prétendant qu’Isabelle a été assassinée et brûlée par Parieux… De cette façon elle va être morte officiellement… Elle a de l’argent, des pièces de valeur, elle va pouvoir réaliser son rêve : changer de peau sous d’autres cieux…

« Le pauvre toubib rapplique à Goussenville. En nous voyant devant un tas de cendres, il comprend que son interlocuteur n’a pas menti au téléphone… C’est la faillite ! Il se suicide…

J’ai de la sueur plein le front… Je l’essuie d’un revers de manche…

— Et voilà, dis-je à mon tour…

Chardon a la gueule ouverte comme celle d'une gargouille moyenâgeuse.

— Ah ! ben, patron, hoquette-t-il, ça, on peut dire que vous êtes fortiche ! Ah ! ben vous, vous savez vous servir de votre cervelle…

— Pas mal, admets-je…

— Oh ! cette gonzesse ! Vous parlez d'une gerce !

— Oui, c'est un drôle de lot…

— Vous croyez qu'on l'arrêtera ?

— Sûrement, Chardon, sûrement… Elle ne sera pas tranquille avant…

Je cherche de la mornifle dans mes fouilles pour casquer les consos…

— Laissez, proteste-t-il, vous avez dit que c'était ma tournée…

Je suis magnanime :

— Soit ! Tu affranchiras Muller, pas ?

— Comptez sur moi… Oh ! là là, quelle tête il va faire lorsqu'il saura les dessous de l'histoire… Au fond, il n'y croyait pas beaucoup à votre affaire, monsieur le commissaire…

— Et il croit en son percepteur ! dis-je en haussant mes robustes épaules.

CHAPITRE XIX

Ne vous servez jamais de buvard

Je trouve le flic qui m'a sifflé tout à l'heure devant ma voiture, détournant en fulminant la circulation contrariée par cet obstacle. En m'apercevant il se rue sur moi.

— Non, mais dites donc, espèce de cornichon ! Qu'est-ce qui vous prend de laisser votre voiture au milieu de la chaussée ? Je vous ai sifflé, vous ne m'avez même pas répondu… Refus d'obéissance, ça va vous coûter cher…

— Allons, allons, fais-je en lui montrant ma carte, tu vas faire exploser tes hémorroïdes en hurlant de cette façon… J'ai laissé mon tréteau ici parce que ça pressait ! Merci de me l'avoir surveillé, un choc est si coûteux à notre époque…

Il me rend ma carte et balbutie des excuses.

— Je pouvais pas savoir, monsieur le commissaire…

— Évidemment…

Je grimpe dans ma tire au grand désappointement de quelques sadiques qui attendaient mon retour avec l'agent en espérant assister à un passage à tabac.

Il est la demie de sept heures… Je fonce rue Joubert…

*
* *

— Tu viens, chéri ? me demande une des cent quarante-cinq putains qui arpentent le bitume du quartier.

— Tu me feras des trucs exotiques, je parie ? lui demandé-je…

— Non, mais ça sera bon tout de même…

— Plus tard…

— Vas donc, hé…

Je pénètre dans l'allée et je consulte le tableau des locataires car j'en ai soupé des concierges, bien que, dans l'ensemble, elles m'aient été utiles…

Croyez-moi ou ne me croyez pas, mais je ne suis pas satisfait… Je ne le suis pas car il y a un point faible dans ma reconstitution : l'appel « au secours » écrit par Parieux… Ça, ça me désoriente vachement…

Enfin je monte quatre à quatre jusqu'au dernier étage bien entendu où perche le fameux Audran, qui désire tant me parler…

Une odeur de lessive m'accueille. Je sonne…

Une femme jeune et grosse m'ouvre. Elle porte un tablier à carreaux bleus et elle est enceinte jusqu'aux yeux.

— M. Audran, s'il vous plaît ?

— Entrez…

Un marmot joue à Zorro dans le vestibule décoré de chromos touchants.

— Allons, Hervé-Xavier, fait-elle, laisse passer monsieur…

Et elle crie :

— Léon !

On renouvelle les prénoms dans la tribu !

Léon surgit d'une salle à manger-salon microscopique. Je le remets : c'est le guichetier des Postaux aux tifs en brosse et à l'air acide qui a douillé la brique de Balmin…

— Tiens, dis-je intéressé… C'est vous ?…

— Voulez-vous entrer, monsieur le commissaire ?

— Comment avez-vous eu mon adresse ? lui demandé-je.

— Voyons, vous avez touché un chèque… Un chèque à votre nom… Je n'ai eu qu'à demander votre numéro de téléphone aux renseignements.

Je me mords les mouillettes : se faire contrer par un mou de la tronche, c'est vexant, non ?

— Que se passe-t-il ?…

— Eh bien ! fait-il, j'ai appris que l'homme qui vous intéressait était mort. J'ai fait un rapprochement entre ce décès survenu à la sortie de chez nous… (c'est de l'immeuble des Chèques postaux qu'il parle !) et votre interrogatoire…

Il est là, rigide, sévère, sentencieux, fier de lui, de son emploi, des douze gosses qu'il fera encore à sa pauvre femme et qu'il affublera de prénoms prétentiards…

— J'ai concentré mes souvenirs, poursuit-il.

« On concentre bien la tomate », me dis-je en regardant sa face de constipé.

— Et alors ?

— Je me souviens avoir entendu le vieillard dire à son compagnon : « Notez l'adresse… »

« Je n'ai pas pris garde au reste… Je vous le répète, monsieur le commissaire, j'exécute mon travail sans m'occuper des usagers…

Il voudrait que je le congratule, que je l'appelle Bernard Palissy, héros et martyr du travail. Mais je reste froid.

— C'est tout ?

— Alors je me suis souvenu que l'homme au manteau de cuir a griffonné quelque chose sur le talon de chèque que je venais de restituer… Mais il a agi ainsi pour satisfaire le vieillard, pour « faire semblant », comme dit Hervé-Xavier, mon fils… La preuve, il n'a pris qu'une partie de cette note… puisque c'est vous qui l'avez trouvée…

Sans qu'il m'invite à le faire, je dépose mon pétrousquin sur la banquette…

Une adresse…

— L'homme au manteau s'est servi du buvard mis à la disposition des usagers, poursuit-il…

Il fait un pas en arrière afin de pouvoir décrire un geste large et noble.

— Le voici, ajoute-t-il en me tendant un petit rectangle rose pâle…

« Il n'y a pas beaucoup de signes imprimés dessus, fait-il remarquer, afin de souligner qu'il ne donne pas de la mauvaise marchandise…

Je saisis le buvard et je m'approche de la glace Louis XIV-Lévitan ornant la cheminée…

J'ai vite fait de repérer ce qui m'intéresse.

Sans grande difficulté je déchiffre :

Au Secours.

Puis, immédiatement dessous et écrit par la même main :

30, rue Lafitte.

Ce que j'ai pris pour un message, ce qui a déclenché toute l'affaire, c'est simplement l'adresse d'une grande compagnie d'assurance. Parieux a noté cela, puis il a déchiré un morceau du talon, celui où figurait l'adresse…

J'éclate de rire.

— Merci, monsieur Audran… Vous avez fait votre devoir de bon citoyen. La police a en vous un auxiliaire intelligent et dévoué.

Les talons joints, l'œil humide, il m'écoute.

Et avec dévotion, il saisit les cinq doigts que je lui propose.

*
* *

— Ce que tu es gentil d'être venu tout de même, mon grand…

Félicie est rayonnante.

— J'avais idée que tu dînerais ici ce soir… J'ai tout de même mis mes pieds au four…

— Hum !

— Tu sais, les mamans sentent les choses…

Après tout ce doit être vrai… Moi, je croyais

vadrouiller dans les rues jusqu'à la dernière minute… Mais le mystère dissipé, l'histoire perd tout son parfum… Il n'est plus question maintenant que de retrouver une meurtrière dans Paris… Une meurtrière dont on a l'identité, le signalement et les empreintes… Oui, je croyais que… Mais les mamans sentent les choses. La preuve : Félicie a tout de même préparé ses pieds-paquets…

Et ils sont délicieux…

— À quoi songes-tu, mon grand ?

— À une peaumée, m'man… À une fille qui a voulu jouer les aventurières et qui n'a reculé devant rien… Elle a acculé son pauvre père au suicide… Elle a tué des hommes… Pas des hommes très intéressants, mais des hommes tout de même…

— Quelle horreur ! soupire Félicie…

Puis, passant à un autre sujet…

— Tu te soigneras bien… Il paraît que les Américains mangent beaucoup de glaces, fais attention, c'est mauvais pour l'estomac… Fais attention aussi aux gangsters, ajoute-t-elle en écrasant une larme…

Je sais ce qu'elle pense :

« Les gangsters, c'est mauvais pour la vie des flics… »

— Allons, m'man, tu ne vas pas cafarder, au moins !

— Non, non, assure-t-elle…

— Tu sais ce que je t'ai promis ? La Bretagne à mon retour…

— Mais oui…

— Je serai bientôt là…

Je commence à gamberger à la mission dont m'a chargé le boss, et je songe que rien n'est moins sûr…

— Je te rapporterai un cadeau de là-bas… Tu sais, les Ricains font des choses ahurissantes pour le ménage… Tiens : un fer à repasser qui repasse tout seul, ou bien une machine à découper les carottes en forme de bombe atomique. Hein ! Que veux-tu que je te ramène ?

— Ramène-moi seulement mon grand en bon état, soupire-t-elle.

CHAPITRE XX

Ne concluez jamais autrement

Le haut-parleur du hall crachote :

« Les voyageurs à destination de New York sont priés de se rendre au départ du car d'Air France qui les emmènera à Orly… »

Nous sommes toute une floppée qui nous pressons dans la gare des Invalides…

Je prends place dans le car confortable de la Compagnie et, au moment où celui-ci s'ébranle, je vois rappliquer une femme qui court à perdre haleine…

Je rabats mon bada sur mes yeux et je me hâte de tirer un journal de ma poche car cette souris n'est autre que ma môme Isabelle. Savez-vous qu'en femme elle n'est pas mal du tout ?

Vous vous imaginez peut-être que j'ai la grosse commotion ? Vous croyez que je jubile ? Eh bien ! pas vrai ! Je reste de marbre… Ce qui se produit, ça n'est pas un miracle, non, tout culment c'est le Destin, avec un D majuscule, les mecs !

C'est par pur hasard que j'ai levé cette affaire et le hasard boucle la boucle en ouvrier consciencieux. Le hasard, c'est notre lot de consolation, à nous, les flics… C'est aussi la trappe mise sous les pieds des criminels…

La fille est gentiment habillée avec une valise somptueuse à la main… Tout ceci prouve que j'avais raison : elle a mijoté tout ça depuis longtemps… Elle part pour faire peau neuve… Si je m'écoutais, je me réciterais une vache tirade sur ce sujet noble… Je me poserais des questions de conscience, des questions de confiance… Oui, des tas de questions… Mais un flic ne s'écoute pas ; il sait qu'un criminel ne peut pas faire peau neuve… Personne ne fait peau neuve, jamais !

Une peau ! c'est quelque chose qu'on met son existence entière à amortir…

Isabelle s'installe juste devant moi… À quoi rêve-t-elle ?…

Elle voit des gratte-ciel, des drugstores, des nègres, des magasins gigantesques…

Moi je verrai tout ça dans quelques heures, si l'avion ne fait pas le con. Mais pas elle !

Je pourrais la sonner tout de suite… Faire stopper le bahut et la débarquer au premier car venu en refilant la consigne aux condés… Non… Je lui accorde ce léger sursis… Ces quelques minutes de rêve… C'est une forme de ma galanterie, une manifestation de mon humanisme… Pour être flic on n'en est pas moins homme… Air connu ! Nous traversons mon vieux Paname que je regrette déjà… Porte d'Italie… Des panneaux : *Fontainebleau, 60* !

La banlieue triste et douce de Paris… La grand-route.

Où est-elle, Isabelle ? Loin de ses meurtres, dans un État au nom merveilleux ? Nebraska… Missouri… Arkansas…

— Tout le monde descend ! annonce soudain le chauffeur.

Le camp d'aviation s'étend devant nous, immense, criblé de lumières… Je sors mon revolver et je l'appuie sur la nuque d'Isabelle.

— Bouge pas, souris, tu es faite…

Les voyageurs sont pétrifiés.

— Police ! dis-je. Prévenez la police de l'aéroport, j'ai une dangereuse criminelle à leur remettre…

Isabelle ne se retourne pas.

— C'est vous ? fait-elle simplement…

— Oui, dis-je.

Elle a ces mots qui rejoignent ceux de Félicie, tout à l'heure :

— Je le savais…

— Oui, fais-je, les femmes sentent ces choses-là…

— C'est dommage, murmure-t-elle…

— C'est navrant, soupiré-je… Une vie neuve, Isabelle… Si près d'une vie toute neuve !

Et j'ajoute :

— Mais quoi ! Pour être homme on n'en est pas moins flic !

FIN

Un guide de lecture inédit élaboré par Raymond Milési

REMONTEZ LE FLEUVE AVEC LE COMMISSAIRE SAN-ANTONIO

La première aventure du commissaire San-Antonio est parue en 1949. Peu à peu, ce personnage au punch et à la sincérité extraordinaires a pris dans le cœur des lecteurs de tous âges une place si importante qu'on peut parler à son sujet de véritable *phénomène*. Qu'il s'agisse de son exceptionnel succès dans l'édition ou de l'enthousiasme qu'il provoque, on est en droit de le situer – et de loin – au premier rang des « héros littéraires » de notre pays.

1. Bibliographie des aventures de San-Antonio

A) La série

Jusqu'en 2002, la série était disponible dans une collection appelée « *San-Antonio* », abrégée en « S-A », avec une numérotation qui ne tenait pas compte – pour une bonne partie – de l'ordre originel des parutions.

La collection garde le même nom mais, à partir de 2003, sa numérotation va respecter l'ordre chronologique.

Dès lors, la bibliographie ci-après se consulte de la façon suivante :

- En tête apparaît le numéro « chronologique », celui qui figure sur chaque roman réimprimé *à partir de 2003.*

- Après le titre vient, entre parenthèses, la date de première publication.
- Puis est indiquée la collection d'origine (Spécial Police de 1950 à 1972 et S-A avec l'ancienne numérotation : reprises et originaux de 1973 à 2002).
- O.C. signale que le titre a été réédité dans les *Œuvres complètes*, le numéro du tome étant précisé en chiffres romains.

1. RÉGLEZ-LUI SON COMPTE (1949)
   (S-A 107) – O.C. XXIV
2. LAISSEZ TOMBER LA FILLE (1950)
   Spécial-Police 11 – (S-A 43) – O.C. III
3. LES SOURIS ONT LA PEAU TENDRE (1951)
   Spécial-Police 19 – (S-A 44) – O.C. II
4. MES HOMMAGES À LA DONZELLE (1952)
   Spécial-Police 30 – (S-A 45) – O.C. X
5. DU PLOMB DANS LES TRIPES (1953)
   Spécial-Police 35 – (S-A 47) – O.C. XII
6. DES DRAGÉES SANS BAPTÊME (1953)
   Spécial-Police 38 – (S-A 48) – O.C. IV
7. DES CLIENTES POUR LA MORGUE (1953)
   Spécial-Police 40 – (S-A 49) – O.C. VI
8. DESCENDEZ-LE À LA PROCHAINE (1953)
   Spécial-Police 43 – (S-A 50) – O.C. VII
9. PASSEZ-MOI LA JOCONDE (1954)
   Spécial-Police 48 – (S-A 2) – O.C. I
10. SÉRÉNADE POUR UNE SOURIS DÉFUNTE (1954)
    Spécial-Police 52 – (S-A 3) – O.C. VIII
11. RUE DES MACCHABÉES (1954)
    Spécial-Police 57 – (S-A 4) – O.C. VIII

12. BAS LES PATTES ! (1954)
Spécial-Police 59 – (S-A 51) – O.C. XI

13. DEUIL EXPRESS (1954)
Spécial-Police 63 – (S-A 53) – O.C. IV

14. J'AI BIEN L'HONNEUR… DE VOUS BUTER (1955)
Spécial-Police 67 – (S-A 54) – O.C. VIII

15. C'EST MORT ET ÇA NE SAIT PAS (1955)
Spécial-Police 71 – (S-A 55) – O.C. XIII

16. MESSIEURS LES HOMMES (1955)
Spécial-Police 76 – (S-A 56) – O.C. II

17. DU MOURON À SE FAIRE (1955)
Spécial-Police 81 – (S-A 57) – O.C. XV

18. LE FIL À COUPER LE BEURRE (1955)
Spécial-Police 85 – (S-A 58) – O.C. XI

19. FAIS GAFFE À TES OS (1956)
Spécial-Police 90 – (S-A 59) – O.C. III

20. À TUE… ET À TOI (1956)
Spécial-Police 93 – (S-A 61) – O.C. VI

21. ÇA TOURNE AU VINAIGRE (1956)
Spécial-Police 101 – (S-A 62) – O.C. IV

22. LES DOIGTS DANS LE NEZ (1956)
Spécial-Police 108 – (S-A 63) – O.C. VII

23. AU SUIVANT DE CES MESSIEURS (1957)
Spécial-Police 111 – (S-A 65) – O.C. IX

24. DES GUEULES D'ENTERREMENT (1957)
Spécial-Police 117 – (S-A 66) – O.C. IX

25. LES ANGES SE FONT PLUMER (1957)
Spécial-Police 123 – (S-A 67) – O.C. XII

26. LA TOMBOLA DES VOYOUS (1957)
Spécial-Police 129 – (S-A 68) – O.C. IV

27. J'AI PEUR DES MOUCHES (1957)
Spécial-Police 141 – (S-A 70) – O.C. I

28. LE SECRET DE POLICHINELLE (1958)
Spécial-Police 145 – (S-A 71) – O.C. III

29. DU POULET AU MENU (1958)
Spécial-Police 151 – (S-A 72) – O.C. V

30. TU VAS TRINQUER, SAN-ANTONIO (1958)
Spécial-Police 157 – (S-A 40) – O.C. V
(tout en pouvant se lire séparément, ces deux derniers romans constituent une même histoire en deux parties)

31. EN LONG, EN LARGE ET EN TRAVERS (1958)
Spécial-Police 163 – (S-A 7) – O.C. XIII

32. LA VÉRITÉ EN SALADE (1958)
Spécial-Police 173 – (S-A 8) – O.C. VI

33. PRENEZ-EN DE LA GRAINE (1959)
Spécial-Police 179 – (S-A 73) – O.C. II

34. ON T'ENVERRA DU MONDE (1959)
Spécial-Police 188 – (S-A 74) – O.C. VII

35. SAN-ANTONIO MET LE PAQUET (1959)
Spécial-Police 194 – (S-A 76) – O.C. IX

36. ENTRE LA VIE ET LA MORGUE (1959)
Spécial-Police 201 – (S-A 77) – O.C. IX

37. TOUT LE PLAISIR EST POUR MOI (1959)
Spécial-Police 207 – (S-A 9) – O.C. XIII

38. DU SIROP POUR LES GUÊPES (1960)
Spécial-Police 216 – (S-A 5) – O.C. II

39. DU BRUT POUR LES BRUTES (1960)
Spécial-Police 225 – (S-A 15) – O.C. IX

40. J'SUIS COMME ÇA (1960)
Spécial-Police 233 – (S-A 16) – O.C. VI

41. SAN-ANTONIO RENVOIE LA BALLE (1960)
Spécial-Police 238 – (S-A 78) – O.C. VII

42. BERCEUSE POUR BÉRURIER (1960)
Spécial-Police 244 – (S-A 80) – O.C. IV

43. NE MANGEZ PAS LA CONSIGNE (1961)
Spécial-Police 250 – (S-A 81) – O.C. XI

44. LA FIN DES HARICOTS (1961)
Spécial-Police 259 – (S-A 83) – O.C. X

45. Y A BON, SAN-ANTONIO (1961)
Spécial-Police 265 – (S-A 84) – O.C. VIII

46. DE « A » JUSQU'À « Z » (1961)
Spécial-Police 273 – (S-A 86) – O.C. XII

47. SAN-ANTONIO CHEZ LES MAC (1961)
Spécial-Police 281 – (S-A 18) – O.C. VII

48. FLEUR DE NAVE VINAIGRETTE (1962)
Spécial-Police 293 – (S-A 10) – O.C. I

49. MÉNAGE TES MÉNINGES (1962)
Spécial-Police 305 – (S-A 11) – O.C. IX

50. LE LOUP HABILLÉ EN GRAND-MÈRE (1962)
Spécial-Police 317 – (S-A 12) – O.C. X

51. SAN-ANTONIO CHEZ LES « GONES » (1962)
Spécial-Police 321 – (S-A 13) – O.C. V

52. SAN-ANTONIO POLKA (1963)
Spécial-Police 333 – (S-A 19) – O.C. V

53. EN PEIGNANT LA GIRAFE (1963)
Spécial-Police 343 – (S-A 14) – O.C. II

54. LE COUP DU PÈRE FRANÇOIS (1963)
Spécial-Police 358 – (S-A 21) – O.C. XI

55. LE GALA DES EMPLUMÉS (1963)
Spécial-Police 385 – (S-A 41) – O.C. V

56. VOTEZ BÉRURIER (1964)
Spécial-Police 391 – (S-A 22) – O.C. I

57. BÉRURIER AU SÉRAIL (1964)
Spécial-Police 427 – (S-A 87) – O.C. III

58. LA RATE AU COURT-BOUILLON (1965)
Spécial-Police 443 – (S-A 88) – O.C. I

59. VAS-Y, BÉRU ! (1965)
Spécial-Police 485 – (S-A 23) – O.C. VIII

60. TANGO CHINETOQUE (1966)
Spécial-Police 511 – (S-A 24) – O.C. VI

61. SALUT, MON POPE ! (1966)
Spécial-Police 523 – (S-A 25) – O.C. X

62. MANGE, ET TAIS-TOI ! (1966)
Spécial-Police 565 – (S-A 27) – O.C. XII

63. FAUT ÊTRE LOGIQUE (1967)
Spécial-Police 577 – (S-A 28) – O.C. X

64. Y A DE L'ACTION ! (1967)
Spécial-Police 589 – (S-A 29) – O.C. XIII

65. BÉRU CONTRE SAN-ANTONIO (1967)
Spécial-Police 613 – (S-A 31) – O.C. XII

66. L'ARCHIPEL DES MALOTRUS (1967)
Spécial-Police 631 – (S-A 32) – O.C. XI

67. ZÉRO POUR LA QUESTION (1968)
Spécial-Police 643 – (S-A 34) – O.C. XIII

68. BRAVO, DOCTEUR BÉRU ! (1968)
Spécial-Police 661 – (S-A 35) – O.C. XIV

69. VIVA BERTAGA ! (1968)
Spécial-Police 679 – (S-A 37) – O.C. XIV

70. UN ÉLÉPHANT, ÇA TROMPE (1968)
Spécial-Police 697 – (S-A 38) – O.C. XIV

71. FAUT-IL VOUS L'ENVELOPPER ? (1969)
Spécial-Police 709 – (S-A 39) – O.C. XIV

72. EN AVANT LA MOUJIK ! (1969)
Spécial-Police 766 – (S-A 89) – O.C. XIV

73. MA LANGUE AU CHAH (1970)
Spécial-Police 780 – (S-A 90) – O.C. XV

74. ÇA MANGE PAS DE PAIN (1970)
Spécial-Police 829 – (S-A 92) – O.C. XV

75. N'EN JETEZ PLUS ! (1971)
Spécial-Police 864 – (S-A 93) – O.C. XV

76. MOI, VOUS ME CONNAISSEZ ?… (1971)
Spécial-Police 893 – (S-A 94) – O.C. XV

77. EMBALLAGE CADEAU (1972)
Spécial-Police 936 – (S-A 96) – O.C. XVI

78. APPELEZ-MOI CHÉRIE (1972)
Spécial-Police 965 – (S-A 97) – O.C. XVI

79. T'ES BEAU, TU SAIS ! (1972)
Spécial-Police 980 – (S-A 99) – O.C. XVI

80. ÇA NE S'INVENTE PAS (1973)
(S-A 1) – O.C. XVI

81. J'AI ESSAYÉ, ON PEUT (1973)
(S-A 6) – O.C. XVII

82. UN OS DANS LA NOCE (1974)
(S-A 17) – O.C. XVII

83. LES PRÉDICTIONS DE NOSTRABÉRUS (1974)
(S-A 20) – O.C. XVII

84. METS TON DOIGT OÙ J'AI MON DOIGT (1974)
(S-A 26) – O.C. XVII

85. SI, SIGNORE ! (1974)
(S-A 30) – O.C. XVIII

86. MAMAN, LES PETITS BATEAUX… (1975)
(S-A 33) – O.C. XVIII

87. LA VIE PRIVÉE DE WALTER KLOZETT (1975)
(S-A 36) – O.C. XVIII

88. DIS BONJOUR À LA DAME (1975)
(S-A 42) – O.C. XVIII

89. CERTAINES L'AIMENT CHAUVE (1975)
(S-A 46) – O.C. XIX

90. CONCERTO POUR PORTE-JARRETELLES (1976)
(S-A 52) – O.C. XIX

91. SUCETTE BOULEVARD (1976)
(S-A 60) – O.C. XIX

92. REMETS TON SLIP, GONDOLIER (1977)
(S-A 64) – O.C. XIX

93. CHÉRIE, PASSE-MOI TES MICROBES ! (1977)
(S-A 69) – O.C. XX

94. UNE BANANE DANS L'OREILLE (1977)
(S-A 75) – O.C. XX

95. HUE, DADA ! (1977)
(S-A 79) – O.C. XX

96. VOL AU-DESSUS D'UN LIT DE COCU (1978)
(S-A 82) – O.C. XX

97. SI MA TANTE EN AVAIT (1978)
(S-A 85) – O.C. XXI

98. FAIS-MOI DES CHOSES (1978)
(S-A 91) – O.C. XXI

99. VIENS AVEC TON CIERGE (1978)
(S-A 95) – O.C. XXI

100. MON CULTE SUR LA COMMODE (1979)
(S-A 98) – O.C. XXI

101. TIRE-M'EN DEUX, C'EST POUR OFFRIR (1979)
(S-A 100) – O.C. XXII

102. À PRENDRE OU À LÉCHER (1980)
(S-A 101) – O.C. XXII

103. BAISE-BALL À LA BAULE (1980)
(S-A 102) – O.C. XXII

104. MEURS PAS, ON A DU MONDE (1980)
(S-A 103) – O.C. XXII

105. TARTE À LA CRÈME STORY (1980)
(S-A 104) – O.C. XXIII

106. ON LIQUIDE ET ON S'EN VA (1981)
(S-A 105) – O.C. XXIII

107. CHAMPAGNE POUR TOUT LE MONDE ! (1981)
(S-A 106) – O.C. XXIII

→ À partir du 108e roman ci-dessous, la numérotation affichée auparavant sur les ouvrages de la collection « *San-Antonio* » correspond à l'ordre chronologique. Le numéro actuel et le précédent sont donc identiques. Mais, pour éviter toute équivoque, nous continuons tout de même à les mentionner l'un et l'autre jusqu'au bout.

108. LA PUTE ENCHANTÉE (1982)
(S-A 108) – O.C. XXIII

109. BOUGE TON PIED QUE JE VOIE LA MER (1982)
(S-A 109) – O.C. XXIV

110. L'ANNÉE DE LA MOULE (1982)
(S-A 110) – O.C. XXIV

111. DU BOIS DONT ON FAIT LES PIPES (1982)
(S-A 111) – O.C. XXIV

112. VA DONC M'ATTENDRE CHEZ PLUMEAU (1983)
(S-A 112) – O.C. XXV

113. MORPION CIRCUS (1983)
(S-A 113) – O.C. XXV

114. REMOUILLE-MOI LA COMPRESSE (1983)
(S-A 114) – O.C. XXV

115. SI MAMAN ME VOYAIT ! (1983)
(S-A 115) – O.C. XXV

116. DES GONZESSES COMME S'IL EN PLEUVAIT (1984)
(S-A 116) – O.C. XXVI

117. LES DEUX OREILLES ET LA QUEUE (1984)
(S-A 117) – O.C. XXVI

118. PLEINS FEUX SUR LE TUTU (1984)
(S-A 118) – O.C. XXVI

119. LAISSEZ POUSSER LES ASPERGES (1984)
(S-A 119) – O.C. XXVI

120. POISON D'AVRIL ou la Vie sexuelle de Lili Pute (1985)
(S-A 120) – O.C. XXVII

121. BACCHANALE CHEZ LA MÈRE TATZI (1985)
(S-A 121) – O.C. XXVII

122. DÉGUSTEZ, GOURMANDES ! (1985)
(S-A 122) – O.C. XXVII

123. PLEIN LES MOUSTACHES (1985)
(S-A 123) – O.C. XXVII

124. APRÈS VOUS, S'IL EN RESTE, MONSIEUR LE PRÉSIDENT (1986)
(S-A 124) – O.C. XXVIII

125. CHAUDS, LES LAPINS ! (1986)
(S-A 125) – O.C. XXVIII

126. ALICE AU PAYS DES MERGUEZ (1986)
(S-A 126) – O.C. XXVIII

127. FAIS PAS DANS LE PORNO… (1986)
(S-A 127) – O.C. XXVIII

128. LA FÊTE DES PAIRES (1986)
(S-A 128) – O.C. XXIX

129. LE CASSE DE L'ONCLE TOM (1987)
(S-A 129) – O.C. XXIX

130. BONS BAISERS OÙ TU SAIS (1987)
(S-A 130) – O.C. XXIX

131. LE TROUILLOMÈTRE À ZÉRO (1987)
(S-A 131) – O.C. XXIX

132. CIRCULEZ ! Y A RIEN À VOIR (1987)
(S-A 132)

133. GALANTINE DE VOLAILLE POUR DAMES FRIVOLES (1987)
(S-A 133)

134. LES MORUES SE DESSALENT (1988)
(S-A 134)

135. ÇA BAIGNE DANS LE BÉTON (1988)
(S-A 135)

136. BAISSE LA PRESSION, TU ME LES GONFLES ! (1988)
(S-A 136)

137. RENIFLE, C'EST DE LA VRAIE (1988)
(S-A 137)

138. LE CRI DU MORPION (1989)
(S-A 138)

139. PAPA, ACHÈTE-MOI UNE PUTE (1989)
(S-A 139)

140. MA CAVALE AU CANADA (1989)
(S-A 140)

141. VALSEZ, POUFFIASSES (1989)
(S-A 141)

142. TARTE AUX POILS SUR COMMANDE (1989)
(S-A 142)

143. COCOTTES-MINUTE (1990)
(S-A 143)

144. PRINCESSE PATTE-EN-L'AIR (1990)
(S-A 144)

145. AU BAL DES ROMBIÈRES (1990)
(S-A 145)

146. BUFFALO BIDE (1991)
(S-A 146)

147. BOSPHORE ET FAIS RELUIRE (1991)
(S-A 147)

148. LES COCHONS SONT LÂCHÉS (1991)
(S-A 148)

149. LE HARENG PERD SES PLUMES (1991)
(S-A 149)

150. TÊTES ET SACS DE NŒUDS (1991)
(S-A 150)

151. LE SILENCE DES HOMARDS (1992)
(S-A 151)

152. Y EN AVAIT DANS LES PÂTES (1992)
(S-A 152)

153. AL CAPOTE (1992)
(S-A 153)

154. FAITES CHAUFFER LA COLLE (1993)
(S-A 154)

155. LA MATRONE DES SLEEPINGES (1993)
(S-A 155)

156. FOIRIDON À MORBAC CITY (1993)
(S-A 156)

157. ALLEZ DONC FAIRE ÇA PLUS LOIN (1993)
(S-A 157)

158. AUX FRAIS DE LA PRINCESSE (1993)
(S-A 158)

159. SAUCE TOMATE SUR CANAPÉ (1994)
(S-A 159)

160. MESDAMES VOUS AIMEZ « ÇA » (1994)
(S-A 160)

161. MAMAN, LA DAME FAIT RIEN QU'À ME FAIRE DES CHOSES (1994)
(S-A 161)

162. LES HUÎTRES ME FONT BÂILLER (1995)
(S-A 162)

163. TURLUTE GRATOS LES JOURS FÉRIÉS (1995)
(S-A 163)

164. LES EUNUQUES NE SONT JAMAIS CHAUVES (1996)
(S-A 164)

165. LE PÉTOMANE NE RÉPOND PLUS (1995)
(S-A 165)

166. T'ASSIEDS PAS SUR LE COMPTE-GOUTTES (1996)
(S-A 166)

167. DE L'ANTIGEL DANS LE CALBUTE (1996)
(S-A 167)

168. LA QUEUE EN TROMPETTE (1997)
(S-A 168)

169. GRIMPE-LA EN DANSEUSE (1997)
(S-A 169)

170. NE SOLDEZ PAS GRAND-MÈRE, ELLE BROSSE ENCORE (1997)
(S-A 170)

171. DU SABLE DANS LA VASELINE (1998)
(S-A 171)

172. CECI EST BIEN UNE PIPE (1999)
(S-A 172)

173. TREMPE TON PAIN DANS LA SOUPE (1999)
(S-A 173)

174. LÂCHE-LE, IL TIENDRA TOUT SEUL (1999)
(S-A 174)
(ces deux derniers romans sont à lire à la suite car ils constituent une seule histoire répartie en deux tomes)

175. CÉRÉALES KILLER (2001) – parution posthume
(original non numéroté : v. ci-dessous)

B) Les Hors-Collection

Neuf romans, de format plus imposant que ceux de la « série », sont parus depuis 1964. Tous les originaux aux éditions FLEUVE NOIR, forts volumes cartonnés jusqu'en 1971, puis brochés. Ces ouvrages sont de véritables feux d'artifice allumés par la verve de leur auteur. L'humour atteint souvent ici son paroxysme. Bérurier y tient une place « énorme », au point d'en être parfois la vedette !

Remarque importante : outre ces neuf volumes, de nombreux autres « Hors-Collection » – originaux ou rééditions de *Frédéric Dard* – signés San-Antonio ont été publiés depuis 1979. Ces livres remarquables, souvent bouleversants *(Faut-il tuer les petits garçons qui ont les mains sur les hanches ?, La vieille qui marchait dans la mer, Le dragon de Cracovie...)* ne concernent pas notre policier de choc et de charme. Sont mentionnés dans les « Hors-Collection » ci-dessous uniquement les romans dans lesquels figure le *Commissaire San-Antonio !*

- L'HISTOIRE DE FRANCE VUE PAR SAN-ANTONIO, 1964 – réédité en 1997 sous le titre HISTOIRE DE FRANCE
- LE STANDINGE SELON BÉRURIER, 1965 – réédité en 1999 sous le titre LE STANDINGE
- BÉRU ET CES DAMES, 1967 – réédité en 2000
- LES VACANCES DE BÉRURIER, 1969 – réédité en 2001
- BÉRU-BÉRU, 1970 – réédité en 2002
- LA SEXUALITÉ, 1971 – réédité en 2003
- LES CON, 1973 – réédité en 2004
- SI QUEUE-D'ÂNE M'ÉTAIT CONTÉ, 1976 (aventure entièrement vécue et racontée par Bérurier) – réédité en 1998 sous le titre *QUEUE D'ÂNE*
- NAPOLÉON POMMIER, 2000

→ Paru en 2001 dans un format « moyen » non numéroté, CÉRÉALES KILLER est bien le 175e roman de la série *San-Antonio*. Réédité en poche en 2003.

2. Guide thématique de la série « San-Antonio »

Les aventures de San-Antonio sont d'une telle richesse que toute tentative pour les classifier ne prêterait – au mieux – qu'à sourire si l'on devait s'en tenir là. Une mise en schéma d'une telle œuvre n'a d'intérêt que comme jalon, à dépasser d'urgence pour aller voir « sur place ». Comment rendre compte d'une explosion permanente ? Ce petit guide thématique n'est donc qu'une « approche », partielle, réductrice, observation d'une constellation par le tout petit bout de la lorgnette. San-Antonio, on ne peut le connaître qu'en le lisant, tout entier, en allant se regarder soi-même dans le miroir que nous tend cet auteur de génie, le cœur et les yeux grands ouverts.

Dans les 175 romans numérotés parus au Fleuve Noir, on peut dénombrer, en simplifiant à l'extrême, 10 types de récits différents. Bien entendu, les sujets annexes abondent ! C'est pourquoi seul a été relevé ce qu'on peut estimer comme le thème « principal » de chaque livre.

Le procédé vaut ce qu'il vaut, n'oublions pas que « simplifier c'est fausser ». Mais il permet – en gros, en très gros ! – de savoir de quoi parlent les *San-Antonio,* sur le plan « polar ». J'insiste : gardons à l'esprit que là n'est pas le plus important. *Le plus important, c'est ce qui se passe entre le lecteur et l'auteur, et qu'on ne pourra jamais classer dans telle ou telle catégorie.*

Avertissement

Comme il serait beaucoup trop long de reprendre tous les titres, seuls leurs *numéros* sont indiqués sous chaque rubrique. ATTENTION : ce sont les numéros de la collection *« San-Antonio »* référencée S-A dans la bibliographie ! En effet, les ouvrages de cette collection sont et seront encore disponibles pendant longtemps.

Néanmoins, ces numéros sont chaque fois rangés dans l'ordre chronologique des parutions, du plus ancien roman au plus récent.

A. Aventures de Guerre, ou faisant suite à la Guerre.

Pendant le conflit 39-45, San-Antonio est l'as des *Services Secrets.* Résistance, sabotages, chasse aux espions avec actions d'éclat. On plonge ici dans la « guerre secrète ».

→ S-A 107 (reprise du tout premier roman de 1949) • S-A 43 • S-A 44 • S-A 47

Dans les années d'après-guerre, le commissaire poursuit un temps son activité au parfum de contre-espionnage (espions à identifier, anciens collabos, règlements de comptes, criminels de guerre, trésors de guerre). Ce thème connaît certains prolongements, bien des années plus tard.

→ S-A 45 • S-A 50 • S-A 63 • S-A 68 • S-A 78

B. Lutte acharnée contre anciens (ou néo-)nazis

La Guerre n'est plus du tout le « motif » de ces aventures, même si l'enquête oppose en général San-Antonio à d'anciens nazis, avec un fréquent *mystère à élucider.* C'est pourquoi il était plus clair d'ouvrir une nouvelle rubrique. Les ennemis ont changé d'identité et refont surface, animés de noires intentions ; à moins qu'il s'agisse de néo-nazis, tout aussi malfaisants.

→ S-A 54 • S-A 58 • S-A 59 • S-A 38 • S-A 92 • S-A 93 • S-A 42 • S-A 123 • S-A 151

C. San-Antonio opposé à de dangereux trafiquants

Le plus souvent en mission à l'étranger, San-Antonio risque sa vie pour venir à bout d'individus ou réseaux qui s'enrichissent dans le trafic de la drogue, des armes, des diamants… Les aventures démarrent pour une autre raison puis le trafic est découvert et San-Antonio se lance dans la bagarre.

→ S-A 3 • S-A 65 • S-A 67 • S-A 18 • S-A 14 • S-A 110 • S-A 159

D. San-Antonio contre Sociétés Secrètes : un homme traqué !

De puissantes organisations ne reculent devant rien pour conquérir pouvoir et richesse : *Mafia* (affrontée par ailleurs de manière « secondaire ») ou *sociétés secrètes* asiatiques. Elles feront de notre héros un homme traqué, seul contre tous. Il ne s'en sortira qu'en déployant des trésors d'ingéniosité et de courage.

→ S-A 51 • S-A 138 • S-A 144 • S-A 160 • S-A 170 • S-A 171 • S-A 172 • S-A 173

Certains réseaux internationaux visent moins le profit que le chaos universel. San-Antonio doit alors défier lors d'aventures échevelées des groupes *terroristes* qui cherchent à dominer le monde. Frissons garantis !

→ S-A 34 • S-A 85 • S-A 103 • S-A 108

E. Aventures personnelles : épreuves physiques et morales

Meurtri dans sa chair et ses sentiments, San-Antonio doit *s'arracher à des pièges mortels.* Sa « personne » – sa famille, ses amis – est ici directement visée par des individus pervers et obstinés. Jeté aux enfers, il remonte la pente et nous partageons ses tourments. C'est sans doute la raison pour laquelle plusieurs de ces romans prennent rang de *chefs-d'œuvre.* Bien souvent, le lecteur en sort laminé par les émotions éprouvées, ayant tout vécu de l'intérieur !

→ S-A 61 • S-A 70 • S-A 86 • S-A 27 • S-A 97 • S-A 36 • S-A 111 • S-A 122 • S-A 131 • S-A 132 • S-A 139 • S-A 140 • S-A 174 • 175

F. À la poursuite de voleurs ou de meurtriers

Pour autant, on peut rarement parler de polars « classiques ». Ce sont clairement des *enquêtes,* mais à la manière (forte) de San-Antonio !

• Enquêtes « centrées » sur le vol ou l'escroquerie

Les meurtres n'y manquent pas, mais l'affaire tourne toujours autour d'un vol (parfois chantage, ou fausse monnaie...). Peu à peu, l'étau se resserre autour des malfaiteurs, que San-Antonio, aux méthodes « risquées », finit par ramener dans ses filets grâce à son cerveau, ses poings et ses adjoints.

→ S-A 2 • S-A 62 • S-A 73 • S-A 80 • S-A 10 • S-A 25 • S-A 90 • S-A 113 • S-A 149

• Enquêtes « centrées » sur le meurtre

À l'inverse, ces aventures ont le meurtre pour fil conducteur. San-Antonio doit démêler l'écheveau et mettre la main sur le coupable, en échappant bien des fois à la mort. Vol et chantage sont encore d'actualité, mais au second plan.

→ S-A 55 • S-A 8 • S-A 76 • S-A 9 • S-A 5 • S-A 81 • S-A 83 • S-A 84 • S-A 41 • S-A 22 • S-A 23 • S-A 28 •

S-A 35 • S-A 94 • S-A 17 • S-A 26 • S-A 60 • S-A 100 • S-A 116 • S-A 127 • S-A 128 • S-A 129 • S-A 133 • S-A 135 • S-A 137 • S-A 143 • S-A 145 • S-A 152 • S-A 161 • S-A 163

- **(Variante) Vols ou meurtres dans le cadre d'une même famille**

→ S-A 4 • S-A 7 • S-A 74 • S-A 46 • S-A 91 • S-A 114 • S-A 141 • S-A 148 • S-A 154 • S-A 165

G. Affaires d'enlèvements

Double but à cette *poursuite impitoyable* : retrouver les ravisseurs et préserver les victimes !

→ S-A 56 (porté à l'écran sous le titre *Sale temps pour les mouches*) • S-A 16 • S-A 13 • S-A 19 • S-A 39 • S-A 52 • S-A 118 • S-A 125 • S-A 126 • S-A 136 • S-A 158

H. Attentats ou complots contre hauts personnages

Chaque récit tourne autour d'un attentat – visant souvent la sécurité d'un état – que San-Antonio doit à tout prix empêcher, à moins qu'il n'ait pour mission de… l'organiser au service de la France !

→ • S-A 48 • S-A 77 • S-A 11 • S-A 21 • S-A 88 • S-A 96 • S-A 33 • S-A 95 • S-A 98 • S-A 102 • S-A 106 • S-A 109 • S-A 120 • S-A 124 • S-A 130

I. Une aiguille dans une botte de foin !

À partir d'indices minuscules, San-Antonio doit *mettre la main sur un individu, une invention, un document* d'un intérêt capital. Chien de chasse infatigable, héroïque, il ira parfois au bout du monde pour dénicher sa proie.

→ S-A 49 • S-A 53 • S-A 57 • S-A 66 • S-A 71 • S-A 72 • S-A 40 • S-A 15 • S-A 12 • S-A 87 • S-A 24 • S-A 29 • S-A 31 • S-A 37 • S-A 89 • S-A 20 • S-A 30 • S-A 69 • S-A 75 • S-A 79 • S-A 82 • S-A 101 • S-A 104 • S-A 105 • S-A 112 • S-A 115 • S-A 117 • S-A 119 • S-A 121 • S-A 134 • S-A 142 • S-A 146 • S-A 147 • S-A 150 • S-A 153 • S-A 156 • S-A 157 • S-A 164 • S-A 166 • S-A 167

J. Aventures aux thèmes entremêlés

Quelques récits n'ont pris place – en priorité du moins – dans aucune des rubriques précédentes. Pour ceux-là, le choix aurait été artificiel car aucun des motifs ne se détache du lot : ils s'ajoutent ou s'insèrent l'un dans l'autre. La caractéristique est donc ici *l'accumulation des thèmes.*

→ S-A 32 • S-A 99 • S-A 1 • S-A 6 • S-A 64 • S-A 155 • S-A 162 • S-A 168 • S-A 169

SANS OUBLIER…

Voilà donc répartis en thèmes simplistes *tous* les ouvrages de la série. Mais les préférences de chacun sont multiples. Plus d'un lecteur choisira de s'embarquer dans un « San-Antonio » pour des raisons fort éloignées de la thématique du polar. Encore heureux ! On dépassera alors le point de vue du spécialiste, pour ranger de nombreux titres sous des bannières différentes. Avec un regard de plus en plus coloré par l'affection.

Note

Contrairement à ce qui précède, certains numéros vont apparaître ici à plusieurs reprises. C'est normal : on peut tout à la fois éclater de rire, pleurer, s'émerveiller, frissonner, s'émouvoir… dans un même *San-Antonio !*

- **Incursions soudaines dans le fantastique**

Au cours de certaines affaires, on bascule tout à coup dans une ambiance mystérieuse, avec irruption du « fantastique ». San-Antonio se heurte à des faits *étranges :* sorcellerie, paranormal, envoûtement…

→ S-A 28 • S-A 20 • S-A 129 • S-A 135 • S-A 139 • S-A 140 • S-A 152 • S-A 172 • S-A 174

- **Inventions redoutables et matériaux extraordinaires**

Dans plusieurs romans, le recours à un attirail futuriste entraîne une irruption soudaine de la *science-fiction.* Il arrive même qu'il serve de motif au récit. Voici un échantillon de ces découvertes fabuleuses pour lesquelles on s'entretue :

Objectif fractal (un grain de beauté photographié par satellite !), réduction d'un homme à 25 cm, armée tenue en réserve par cryogénisation, échangeur de personnalité, modificateur de climats, neutraliseur de volonté, lunettes de télépathie, forteresse scientifique édifiée sous la Méditerranée, fragment d'une météorite transformant la matière en glace, appareil à ôter la mémoire, microprocesseur réactivant des cerveaux morts, et j'en passe… !

→ S-A 57 • S-A 12 • S-A 41 • S-A 23 • S-A 34 • S-A 35 • S-A 37 • S-A 89 • S-A 17 • S-A 20 • S-A 30 • S-A 64 • S-A 69 • S-A 75 • S-A 105 • S-A 123 • S-A 129 • S-A 146

- **Savants fous et terrifiantes expériences humaines**
  → S-A 30 • S-A 52 • S-A 116 • S-A 127 • S-A 163

- **Romans « charnière »**
  Sont ainsi désignés les romans où apparaît pour la première fois un nouveau personnage, qui prend définitivement place aux côtés de San-Antonio.

S-A 43 : Félicie (sa mère), *en 1950.*
S-A 45 : Le Vieux (Achille), *en 1952.*
S-A 49 : Bérurier, *en 1953.*
S-A 53 : Pinaud, *en 1954.*
S-A 66 : Berthe (première apparition physique), *en 1957.*
S-A 37 : Marie-Marie, *en 1968.*
S-A 94 : Toinet (ou Antoine, le fils adoptif de San-Antonio), *en 1971.*
S-A 128 : Jérémie Blanc, *en 1986.*
S-A 168 : Salami, en *1997.*
S-A 173 : Antoinette (fille de San-Antonio et Marie-Marie), en *1999.*

Mathias, le technicien rouquin, est apparu peu à peu, sous d'autres noms.

- **Bérurier et Pinaud superstars !**
  Le Gros, l'Inénarrable, Béru ! est sans conteste le plus brillant « second » du commissaire San-Antonio. Présent dans la majorité des romans, il y déploie souvent une activité débordante. Sans se hisser au même niveau, le doux et subtil Pinaud tient aussi une place de choix…

· *participation* importante *de Bérurier*

→ S-A 18 • S-A 10 • S-A 11 • S-A 14 • S-A 22 • S-A 88 • S-A 23 • S-A 24 • S-A 27 • S-A 28 • S-A 32 • S-A 34 • S-A 37 • S-A 89 • S-A 90 • S-A 93 • S-A 97 • S-A 1 • S-A 20 • S-A 30 • S-A 33 • S-A 46 • S-A 52 • S-A 75 • S-A 101 • S-A 104 • S-A 109 • S-A 116 • S-A 126 • S-A 145 • S-A 163 • S-A 166

N'oublions pas les « Hors-Collection », avec notamment *Queue d'âne* où Bérurier est seul présent de bout en bout !

· *participation* importante *de Bérurier* et *Pinaud*

→ S-A 12 • S-A 87 • S-A 25 • S-A 35 • S-A 96 • S-A 105 • S-A 111 • S-A 148 (fait exceptionnel : San-Antonio ne figure pas dans ce roman !) • S-A 156

• Marie-Marie, de l'enfant espiègle à la femme mûre

Dès son apparition, Marie-Marie a conquis les lecteurs. La fillette malicieuse, la « Musaraigne » éblouissante de *Viva Bertaga* qui devient femme au fil des romans est intervenue dans plusieurs aventures de San-Antonio.

· *Fillette espiègle et débrouillarde :*

→ S-A 37 • S-A 38 • S-A 39 • S-A 92 • S-A 99

· *Adolescente indépendante et pleine de charme :*

→ S-A 60 • S-A 69 • S-A 85

· *Belle jeune femme, intelligente et profonde :*

Il ne s'agit parfois que d'apparitions intermittentes.

→ S-A 103 • S-A 111 • S-A 119 • S-A 120 • S-A 131 (où Marie-Marie devient veuve !) • S-A 139 • S-A 140 • S-A 152

· *Femme mûre, mère d'Antoinette (fille de San-Antonio) :*
→ S-A 173 • S-A 174 • **175**

• **Le rire**

Passé la première trentaine de romans (et encore !), le *rire* a sa place dans toutes les aventures de San-Antonio, si l'humour, lui, est *partout,* y compris au cœur de la colère, de l'amour et de la dérision. Mais plusieurs aventures atteignent au délire et nous transportent vraiment d'hilarité par endroits. Dans cette catégorie décapante, on conseillera vivement :

→ S-A 10 • S-A 14 • S-A 87 • S-A 88 • S-A 23 • S-A 25 • S-A 2 • S-A 35

Y ajouter, là encore, tous les « Hors-Collection ». Qui n'a pas lu *Le Standinge, Béru-Béru* ou *Les vacances de Bérurier* n'a pas encore exploité son capital rire. Des romans souverains contre la morosité, qui devraient être remboursés par la Sécurité Sociale !

• **Grandes épopées planétaires**

San-Antonio – le plus souvent accompagné de Bérurier – nous entraîne aux quatre coins de la planète dans des aventures épiques et « colossales ». Humour, périls mortels, action, rebondissements.

→ S-A 10 • S-A 87 • S-A 88 • S-A 24 • S-A 37 • S-A 89

• **Les « inoubliables »**

Je rangerais sous ce titre quelques romans-choc (dont certains ont déjà été cités plusieurs fois, notamment dans les épopées ci-dessus). On tient là des *chefs-d'œuvre,* où l'émotion du lecteur est à son comble. Bien sûr, c'est subjectif, mais quel autre critère adopter pour ce qui relève du coup de cœur ? Lisez-les : vous serez vite convaincus !

→ S-A 61 • S-A 70 • S-A 83 • S-A 10 • S-A 87 • S-A 88 • S-A 24 • S-A 25 • S-A 37 • S-A 111 • S-A 132 • S-A 140

POUR FINIR...

Il ne me reste plus qu'à souhaiter à tous ceux qui découvrent les aventures de San-Antonio (comme je les envie !) des voyages colorés, passionnants, émouvants, trépidants, surprenants, pathétiques, burlesques, magiques, étranges, inattendus ; des séjours enfiévrés ; des rencontres mémorables ; des confidences où l'intime se mêle à l'épopée.

Quant aux autres, ils savent déjà tout ça, n'est-ce pas ?

Ce qui ne les empêche pas de revisiter à tout instant la série *San-Antonio,* monument de la littérature d'évasion, pour toujours inscrit à notre patrimoine.

Raymond Milési

Correspondance entre l'ancienne numérotation de la collection « San-Antonio » et la nouvelle numérotation chronologique *portée sur chaque roman réimprimé à partir de 2003.*

S-A	→ *chrono*		
S-A 1	*80*	S-A 29	*64*
S-A 2	*9*	S-A 30	*85*
S-A 3	*10*	S-A 31	*65*
S-A 4	*11*	S-A 32	*66*
S-A 5	*38*	S-A 33	*86*
S-A 6	*81*	S-A 34	*67*
S-A 7	*31*	S-A 35	*68*
S-A 8	*32*	S-A 36	*87*
S-A 9	*37*	S-A 37	*69*
S-A 10	*48*	S-A 38	*70*
S-A 11	*49*	S-A 39	*71*
S-A 12	*50*	S-A 40	*30*
S-A 13	*51*	S-A 41	*55*
S-A 14	*53*	S-A 42	*88*
S-A 15	*39*	S-A 43	*2*
S-A 16	*40*	S-A 44	*3*
S-A 17	*82*	S-A 45	*4*
S-A 18	*47*	S-A 46	*89*
S-A 19	*52*	S-A 47	*5*
S-A 20	*83*	S-A 48	*6*
S-A 21	*54*	S-A 49	*7*
S-A 22	*56*	S-A 50	*8*
S-A 23	*59*	S-A 51	*12*
S-A 24	*60*	S-A 52	*90*
S-A 25	*61*	S-A 53	*13*
S-A 26	*84*	S-A 54	*14*
S-A 27	*62*	S-A 55	*15*
S-A 28	*63*	S-A 56	*16*

S-A 57	*17*
S-A 58	*18*
S-A 59	*19*
S-A 60	*91*
S-A 61	*20*
S-A 62	*21*
S-A 63	*22*
S-A 64	*92*
S-A 65	*23*
S-A 66	*24*
S-A 67	*25*
S-A 68	*26*
S-A 69	*93*
S-A 70	*27*
S-A 71	*28*
S-A 72	*29*
S-A 73	*33*
S-A 74	*34*
S-A 75	*94*
S-A 76	*35*
S-A 77	*36*
S-A 78	*41*
S-A 79	*95*
S-A 80	*42*
S-A 81	*43*
S-A 82	*96*
S-A 83	*44*
S-A 84	*45*
S-A 85	*97*
S-A 86	*46*
S-A 87	*57*
S-A 88	*58*
S-A 89	*72*
S-A 90	*73*
S-A 91	*98*
S-A 92	*74*
S-A 93	*75*
S-A 94	*76*
S-A 95	*99*
S-A 96	*77*
S-A 97	*78*
S-A 98	*100*
S-A 99	*79*
S-A 100	*101*
S-A 101	*102*
S-A 102	*103*
S-A 103	*104*
S-A 104	*105*
S-A 105	*106*
S-A 106	*107*
S-A 107	*1*

À partir du n° 108, les numéros de la collection « S-A » coïncident exactement avec les numéros *chronologiques*.

R. Milési

Achevé d'imprimer en Allemagne
par GGP Media GmbH
à Pößneck
en décembre 2016

POCKET
12, avenue d'Italie
75627 Paris Cedex 13

Dépôt légal : janvier 2017
S27567/01